La cuisine de Mistral

La cuisine de Mistral

Textes : Alain Gérard
Photos : Robert Callier
Chef cuisinier : J.L. Vosgien

CLC Éditions

Pour Jules qui sait pourquoi...
pour Louise et Claude qui le savent aussi...
Pour Marie qui découvre,
...et pour Éva qui goûte

pour tous renseignements :
Rue Ravel - 84240 La Motte d'Aigues
ISBN : 2-84659-028-1
EAN : 9782846590280

"What is ridiculous in hotels, remarked the agreable Matthew, is that, since the advent of the commercial travellers, Northern flavours have been introduced into the "Menus of the Day" in Avignon, Angoulême, Draguignan or even Brive-la-Gaillarde. One is served, everywhere, now, the same dishes : thick carrot soup, veal with sorrel, medium-rave roast beef, cauliflower in butter, in fact, a lot of tasteless, flavourless food. So in Provence, if you want to rediscover the indigenous, appetising cuisine, you have to visit inns or taverns where locals eat.

La Ribote de Trinquetaille (Memories and Recipes)

Avant-propos

"Non pas à nous, Seigneur, non pas à nous mais à ton nom et à notre Provence, donne la gloire".

Cette épitaphe gravée sur le tombeau de **Frédéric Mistral** est l'image exacte de la position du maître de Maillane face à la postérité et aussi face à son oeuvre : il s'est toujours voulu en retrait. ***"Poète du non moi"***, comme on a pu le qualifier donc, entièrement dévoué à une cause, la Cause pour laquelle il a vécu et écrit.

Alors, Mistral auteur militant ?

Partout et toujours, forcément, parce que cette cause, c'est "*la vido vidanto*"(la vie vécue), un tout, une entité de laquelle il participait, qu'il décrivait, sans jamais pourtant s'y mettre en scène, comme si son rôle avait été de refléter ce et ceux qui l'entouraient. Les autres, l'environnement avant lui. D'où la grande diversité de l' oeuvre de Mistral, une infinie richesse que sont ces arrangements de personnages, de recherches ethnographiques, ces noms d'outils agricoles, de plats de cuisine, de bateaux, de fleurs, de plantes, le tout coloré par les éclats de soleil de la langue bien sûr, car l'essentiel est aussi là : écrire avec ses mots, ceux qui viennent du berceau. De là, l'excellence des poèmes de Mistral, tout simplement parce qu'ils résultent d'une relation parfaite des mots aux gens, des mots aux choses, des mots aux lieux.

Dans la démarche de Mistral, le temps a aussi son importance. L'époque, me semble être beaucoup plus qu'un moment charnière, comme on a l'habitude de le dire un peu trop rapidement : la fin du XIXe et le début du XXe sont à mon sens des moments incertains, où bon gré, mal gré, des choix de vie sont à faire entre un passé toujours présent et un avenir pressé de prendre sa place.

Puisque les choses bougent, changent inéluctablement, il s'agit moins pour Mistral d'empêcher cette forme d'évolution que de prolonger dans l'après les caractères originaux d'un lieu et d'un peuple, que l'histoire a forgés, afin qu'ils ne se diluent pas dans une uniformité stérilisante. Il en va ainsi des manières d'être, de la langue et venons-y de la cuisine. Précisément, les phrases qui suivent, extraites de La Ribote de Trinquetaille (Mémoires et récits) nous éclairent à ce propos :

"Ce qu'il y a de ridicule dans les hôtels, fit le bon Mathieu, c'est que, remarquez-le, depuis qu'aux tables d'hôte les commis voyageurs ont introduit les goûts du Nord, que ce soit en Avignon, en Angoulême, à Draguignan ou bien à Brive-la-Gaillarde, on vous sert, aujourd'hui partout les mêmes plats : des brouets de carottes, du veau à l'oseille, du rosbif à moitié cuit, des choux-fleurs au beurre, bref, tant d'autres mangeries qui n'ont ni saveur, ni goût. De telle sorte qu'en Provence, si l'on veut retrouver la cuisine indigène, notre vieille cuisine appétissante et savoureuse, il n'y a que les cabarets où va manger le peuple".

Alors, la cuisine de Frédéric Mistral, *qu'es aco* ?

Soyons honnêtes, malgré quelques recettes qu'il publia dans L'Almanach provençal (1856, 1870) sous le pseudonyme de "Cousinié Macari", Mistral, comme la majorité des hommes de son siècle, ne s'est jamais trop penché sur les fourneaux. Il respecte la vieille séparation des sexes devant l'acte culinaire : à l'homme la charge de rapporter la nourriture, à la femme celle d'apprêter les plats. Mais il a été élevé dans un cadre traditionnel où la cuisine jouait complètement son rôle aussi bien sur le plan alimentaire que sur le plan symbolique.

Un bel hommage est d'ailleurs rendu aux talents culinaires de Mme Mistral mère, par Marion Nazet dans Misé Lipéto (Éditions C.R.É.É.R). Et d'autres témoignages encore, celui de J.P. Clébert dans L'Empire du soleil (Éditions Lattès) : "Mistral savait les spécialités de cuisine de bon

Well then, Frederic Mistral's cuisine, what is it exactly ?

Actually, except for some recipes published in "L'almanach provençal" (1856 - 1870) under the pseudonym "cousinié Macari", Mistral, like most men of his generation did not have a liking for the oven. He respected the old division of the sexes when it came to the art of cooking ; the man was responsible for the ingredients and the woman for the preparation of the dishes.

But he had been brought up traditionally to believe that the art of cooking is important for one's well-being as well as it playing a symbolic part in life.

Moving on, one can say that Frederic Mistral considers Provençal Cuisine as one of the major contributions to the entire Mediterranean coastline cuisine. Knowledge of this is a gift from him to the reader. Next, because of its wide variety (Austin de Croze tells us in "Repertoire Gastronomique" that it consists of 420 special, authentic dishes and twenty spices and olive oil, it can be considered as a material like any other..

The symbol of "l'aïoli", the difference he makes between the anchovy eaters and the butter eaters, if necessary, shows it well.

Finally if Mistral is to be regarded as an innovator, in the sense that he was one of the first to think at identity in a global way and then to defend it for. That poetic dimension of his writing, projects him into literature as he talks about cuisine. All his power is there, in this dual membership, in all the study that we are able to pursue.

Writing this book needed to quote some of the most famous texts from Mistral about provençal cooking. If Mistral has written a recipe, I have repeated it, if not, then I have written it.

Such is literary cuisine.

Enjoy reading, enjoy eating!

nombre de villages... Son goût pour les mets raffinés va de pair avec son amour pour les mots rares".

Terminons par cette remarque de R. Jouveau (La Cuisine provençale de tradition populaire) : "quotidiennement Mistral ne faisait pas d'excès, il avait les habitudes de frugalité des paysans, mais il aimait les jours extraordinaires de ribote".

Voilà pour l'homme, rien de bien original en fait.

Et pour l'oeuvre ?

Et pour sa portée ?

Sans trop s'avancer on peut dire que la cuisine provençale pour Frédéric Mistral rejoint un des caractères majeurs de la cuisine des bords de la Méditerranée, à savoir qu'elle est don de soi et offrande aux autres. Ensuite, il semblerait que par son extrême diversité - Austin de Croze nous dit dans son Répertoire gastronomique qu'elle est composée de quatre cent vingt mets spéciaux authentiques, vingt aromates et de l'huile d'olive - elle soit pour l'auteur de Mireille, un matériau littéraire comme un autre.

À y regarder de plus près, cependant, on s'aperçoit qu'elle est sûrement pour lui quelque chose de plus, puisqu'il l'a mise au service de la cause qu'il défend. Dans les poèmes de Mistral, ces poèmes enracinés et même triplement enracinés dans un espace, une société, une langue, les plats qu'il décrit, indépendamment de leur utilité dans la progression du récit et du témoignage qu'ils portent sur la vie d'alors, sont un facteur d'identité comparable à la langue.

Le symbole de l'aïoli, la différence qu'il fait entre les mangeurs d'anchois et les mangeurs de beurre, s'il le faut, le montrent bien. Finalement, si Mistral peut être considéré comme un précurseur dans la mesure où il est l'un des tout premiers à penser le fait identitaire dans sa totalité et à le défendre en tant que tel, la dimension poétique de ses écrits le fait basculer dans la littérature même lorsqu'il parle de cuisine, et toute sa force est là, dans cette double appartenance, dans la multiplicité des lectures que l'on peut en faire.

Et puis pour l'anecdote!

Mistral n'a t-il pas réglé un différend entre Gras (un des fondateurs du Félibrige) et N. Wyse, qui devait se terminer sur le pré, par un duel culinaire ?

Et puis pour l'histoire de l'art culinaire!

Sa vie à cheval entre le XIXe et le XXe siècle ne se déroule t-elle pas à un moment où la cuisine se fixe des règles, celles qui en feront ce que nous appelons aujourd'hui la cuisine traditionnelle ?

Et puis pour réaliser cet ouvrage, la piste que j'ai suivie!

Des textes de Mistral, j'ai extrait les passages concernant la cuisine. Si la recette est donnée par lui, je l'ai reprise, sinon, je l'ai écrite.

De la cuisine littéraire donc.

Bonne lecture, bon appétit.

Les Baux au couchant

Déjeuners et Dîners de Soleil :
la cuisine de tous les jours

Sun-filled Lunches and Dinners : every day cooking

La maison de la mère de F. Mistral

Le jardin

“ Eh bien! Vas-y, de porte en porte - avec ton gueux courir les champs! - tu t’appartiens, pars bohémienne!... Oui! - à la Roucane - À Beloun la Roubiane - Associe-toi! - Sur trois cailloux avec la Chienne - va cuire ton potage sous la voûte d’un pont”.

Mireille
chant VI

Dans les paroles que prononce Maître Ramon quand sa fille s’en va retrouver Vincent, et qui ne sont pas vraiment des imprécations puisqu’elles montrent à Mireille toute l’étendue de sa liberté, l’allusion à la soupe cuite sous les ponts n’est pas innocente : deux genres de vie s’opposent par l’intermédiaire de la cuisine, la nomade et la sédentaire. À la sédentarité des paysans correspond une cuisine enracinée (comment pourrait-il en être autrement ?) à base de produits cultivés sur place dans le cadre d’une auto-suffisance bien comprise.

C’est la cuisine que Mistral a consommée toute sa vie. Elle est simple, rustique au sens éthymologique du mot, elle doit avant tout nourrir. On préfère peut-être certains plats à d’autres, mais on mange de tout, du pain surtout. Sans compter que cette cuisine au quotidien fait écho sur la table à la ronde des saisons et mises à part quelques conserves, les mets sont toujours en accord avec le calendrier. Ces repas de soleil sont surtout présents dans Mireille, Le Poème du Rhône, Les Olivades, Nerte et Proses d’Almanach.

Aigo boulido

Au XIXe siècle, dans les campagnes, le repas de midi (appelé dîner) et celui du soir (le souper) commençaient, selon les saisons par une soupe ou une salade.

Soups and salads
In the nineteenth century, in the countryside the midday meal (dinner) and the evening meal (supper) started with soup or salad, according to the season.

Les soupes
Soups

L'aigo boulido

"La marmite chante sur le feu,
Oh! le bon potage à l'ail.
Entre les deux grands landiers,
Flambe, flambe feu joyeux.
Nos gens viennent dîner.
Harassé,
D'un brin de sauge au pot
Le chrétien se ravigote.
Les robustes, c'est de droit
Doivent pêcher aux platées copieuses.
Apportez avec l'huilier
La cuillère pour tremper les tranches d'or
À la soupe de bon coeur, sans nappe ni serviette,
Tirez donc petits et grands :
Les femmelettes serviront,
Mangeant debout, leur assiette à la main."

La Chantepleure du logis
Janvier 1886

"La ménagère en même temps avait mis la marmite sur le feu avec de l'ail, de la sauge et une poignée de sel, le tout aspergé d'huile. Elle nous trempa bientôt une odorante eau bouillie, si bonne, qu'Aubanel tout petit homme qu'il fut en vida onze assiettées."

Mémoires et récits
Autour du Ventoux

Entre remède de bonne femme et mets, on a là un grand classique de la cuisine provençale : le potage à l'ail, l'aigo boulido, l'eau bouillie.

"L'eau bouillie sauve la vie" dit un proverbe. L'éthymologie rattrape les fourneaux avec ce potage à base d'ail et de sauge (sauge de salvia, salvus : sauver), il est vrai qu'on le servait aux convalescents, ainsi que les lendemains de fête...

De manière traditionnelle, on prépare ce potage très simplement.

Dans un litre d'eau (pour 4 à 5 personnes) que vous aurez salé et porté à ébullition, mettez 7 à 8 gousses d'ail, de la sauge (plus ou moins suivant le goût). Laissez au feu 7 à 8 minutes.

Dans des assiettes à potage vous aurez disposé des tranches de pain grillées sur lesquelles vous aurez mis du fromage de Gruyère râpé, le tout largement arrosé d'huile d'olive. Par-dessus, versez le potage, que vous aurez débarrassé des gousses d'ail et de la sauge. On peut avant de servir mélanger au bouillon autant de jaunes d'oeuf qu'il y a de convives. On peut aussi faire pocher dans le bouillon des oeufs que l'on disposera sur les tranches de pain.

"L'aigo boulido" (clear garlic soup)

Between an old wiwes'tale and a dish, there is a great classic of Provençal cuisine : garlic soup, "l'aigo boulido", boiling water.

"Boiled water saves lives" said the proverb. The old words catch the stove with it's broth based upon garlic and of sage (sage of salvia, salvus : to save), true enough we serve it to convalescents, just as we do after holidays or feastdays.

This clear soup is very simple to prepare, in the traditional way.

In 1 litre of water (for 4-5 people) that has been salted and brought up to boiling point, you add 7-8 garlic cloves, some sage (to taste). Leave to cook 7-8 minutes.

Into soup plates place some slices of toasted bread covered with grated Gruyere cheese, sprinkle olive oil over the soup.

Remove the garlic cloves and the sage. Before serving mix with the soup one egg yolk per person. One can also poach eggs in the soup and lay them over the slices of bread.

Tableau de Rivière : L'aïoli

La soupe au "sabourun"

"On appelle "sabourun" un gros os de boeuf ou de porc que l'on met dans la soupe pour lui donner du goût... Dans les endroits pauvres, quand dans un foyer on s'est servi de l'os, au lieu de le jeter, on le prête aux voisins".

En provençal dans L'Almanach
provençal de 1856
Traduction A. Gérard

On peut utiliser le "sabourun" dans toutes les soupes à base de légumes. Et dans la soupe de légumes en particulier. Si vous voulez essayer, un os de gigot fera l'affaire...

"Sabourun". soup

To make "sabourun" a large beef bone or pork bone is put into the soup before cooking, to improve the flavour.

In poorer areas, when the bones were served, they were also shared with the neighbours, rather than thrown away. You can add "sabourun" to any vegetable soup, or even serve with a lamb bone.

Faire bouillir en même temps dans une marmite des pommes de terre (5 ou 6), des carottes (2 ou 3), des poireaux (2), du céleri et un os de gigot. Salez, poivrez. Laissez cuire 30 minutes. Écumez si nécessaire. Retirez l'os, passez les légumes au moulin à légumes en ajoutant du bouillon. Servez la soupe avec un filet d'huile dans chaque assiette.

Boil, at the same time, in a pan some potatoes(5 or 6), carrots(2 or 3), leeks (2), celery and the lamb bone.

Season with salt and pepper. Leave to simmer for 30 minutes. Skim, if necessary. Take out the bone, mash the vegetables in the soup. Serve the soup in the dish after dribbling a little oil over it.

Forteresse des Baux

Soupe poireaux - pommes de terre

Au hasard du goût, quelques autres soupes :

La soupe poireaux, pommes de terre

Dans une marmite, faites revenir 3 blancs de poireaux coupés en rondelles. Ajoutez 5 pommes de terre coupées en quartiers et 3 litres d'eau. Salez, poivrez. Faites cuire 2 heures environ. Passez au moulin à légumes.

Potato and leek soup

In a pan, chop 3 leek whites, brown them in olive oil. Add 5 chopped potatoes and 3 litres of water. Season with salt and pepper. Cook for about 2 hours. Pass vegetables through a sieve.

La soupe aux pois cassés

Mettez à bouillir 1/2 kilo de pois cassés dans 2 litres d'eau. Après ébullition, ajoutez un blanc de poireau et un oignon émincé revenus dans de l'huile d'olive ainsi qu'un fond de jambon. Terminez de cuire à feu doux. On mange la soupe passée et le jambon à part avec de la moutarde.

Split pea soup

Boil 1/2 kilo of split peas into 2 litres of water.
Fry a finely chopped leek white and a shredded onion in olive oil and add them in the pan with the split peas. Add also a fag end of ham.
Finish cooking gently. Mill the vegetables and present them with ham and mustard.

La soupe aux lentilles

Faites cuire vos lentilles un peu plus que pour une salade. Pour 3 litres d'eau, il faut 1/2 kilo de lentilles, du sel, du poivre, un oignon, une feuille de laurier. Enlevez l'oignon et le laurier, passez les lentilles. On peut servir la soupe sur des croûtons frits.

Lentil soup

Backing the lentils will be a bit more than for a salad. Boil 1/2 kilo of them into 3 litres of salted and peppered water together with an onion and a bay leaf. Mill the lentils and serve with chipped pieces of bread.

Et une fantaisie familiale :

La soupe aux pommes de terre et à la sarriette

Faites revenir 3 poireaux coupés en rondelles dans une cuillerée d'huile d'olive. Quand ils sont roux, ajoutez 5 pommes de terre coupées en gros morceaux, ne pas les laisser longtemps, juste quelques minutes. Ensuite, versez dessus 3 litres d'eau et la valeur de 4 à 5 brins de sarriette que vous aurez pris soin d'envelopper dans de la gaze. Il faut au moins deux heures de cuisson. Retirez la sarriette. Passez la soupe.

A family favourite

Potato and savory soup

Fry 3 sliced leeks in a tablespoon of olive oil. Add 5 chopped potatoes for about 2 minutes. Then add 3 litres of water with 4 or 5 sprigs of savory which have

Soupe aux pommes de terre et à la sarriette

been wrapped in gauze. It needs to cook for about 2 hours. Remove the savory and strain the soup.

Le bouillon gras, ou le bouilli, ou le pot au feu...

"Le vin de la Côte du Rhône...
Pour baigner les morceaux de viande
Et pour nous faire un peu chanter
Dans la gamelle de la soupe
Il faut en jeter une écope."

Poème du Rhône
Chant I La Remonte

"Les mariniers... terminaient leur repas ainsi que c'est l'usage des bateliers de Condrieu avec un plat de soupe grasse. Chacun à son bouillon mêle un grand verre de vin ; puis portant des deux mains leur assiette à la bouche, tous ensemble vidèrent d'un seul trait le mélange, savoureusement en claquant la langue."

Mémoires et récits
La ribote de Trinquetaille

"Mieux vaut cinq sous en poche - Pour une soupe au vin - Que cent écus prêtés par le Mont de Piété."

Les Olivades

Allez, on rajoute à la provençale... Un plat qui est resté plus longtemps urbain que rural, la viande étant rare dans les campagnes.

Pour 5 litres d'eau, mettre 1/2 jarret de boeuf, 1/2 kilo de mouton (de l'épaule), 1/2 kilo de plat de côte, un pied de veau, 250 grammes de poitrine. Faites bouillir en n'oubliant pas d'écumer quand le besoin s'en fait sentir. Au bout d'une heure, ajoutez 1/2 kilo de gîte, un oignon, 8 poireaux, 8 pommes de terre, 8 carottes, une branche de céleri, une gousse d'ail et un bouquet garni. Salez, poivrez. Terminez la cuisson à feu doux pendant 2 heures 30. Sortez la viande et les légumes.

On mange le bouillon à part (le bouillon gras), sur des tranches de pain ou bien mélangé à 1/2 verre de vin que l'on versera dans son assiette. Les légumes et les viandes seront consommés avec une salade de pois chiches ou des poivrons conservés au vinaigre.

Clear soup or bouillon

Another Provençal addition. A dish that remained more urban than rural, meat being rare in the countryside.

Into 5 litres of water, add half a shin of beef, 1/2 kilo shoulder of mutton, 1/2 kilo spare ribs, a calf's foot and 250 g of bacon. Boil, skimming the soup when necessary.

After one hour, add 1/2 kilo of beef, an onion, 8 leeks, 8 potatoes, 8 carrots, a stick of celery, one clove of garlic and "bouquet garni". Season with salt and pepper. Simmer for 2 hours and a half.

Separate meat and vegetables.

One can drink the bouillon apart, spreaded over slices of bread or mixed with 1/2 glass of wine. The vegetables and meats can be eaten with a salad of chickpeas or some peppers marinaded in vinegar.

Les poivrons conservés au vinaigre

Prendre des poivrons verts, pas trop gros, bien les essuyer, les mettre dans un bocal et les recouvrir de vinaigre. Au bout de quinze jours, videz la moitié du vinaigre, remplacez-le par du nouveau et ajoutez une gousse d'ail et de l'estragon.

À noter que les restes de pot au feu coupés en dés peuvent être accommodés en salade froide ou passés à la poêle avec de l'ail et du persil.

Sweet peppers in vinegar

Wipe green peppers clean and put them in a jar in vinegar for 15 days. Replace half of the vinegar with new one. Add a clove of garlic and tarragon.
The scraps from the "pot-au-feu" can be served prepared as a salad or browned with parsley and garlic.

La panade

"Passez-nous donc la carbonade, non la brandade et la panade".

Calendal
Chant X

La panade est une soupe faite avec du pain rassis. On la donnait aux convalescents, aux enfants et aux personnes âgées.

Dans un litre d'eau, mettez 200 grammes de pain rassis, du sel, du poivre. Faites cuire une heure en remuant avec une cuillère en bois. Avant de servir ajoutez un filet d'huile d'olive ou un verre de lait.

"La panade" (bread soup)

"La panade" is a soup cooked with stale bread.
Soak 200 grammes of stale bread into salted and peppered water. Cook for one hour stirring frequently with a wooden spoon. Add a dash of olive oil or a glass of milk before serving.

Soupe au fromage, soupe au bâton

"Pour finir, on découvre
Une terrinée de soupe au fromage
Qu'un berger, à coup sûr
En y plantant son bâton au milieu,
N'aurait pu franchir."

Poème du Rhône
Chant XI
La Remonte

Chanson des charretiers :
"Le matin à son lever
La soupe au fromage
C'est là un friand manger
Qui aime le laitage."

Mémoires et récits
Le voyage aux Saintes Maries

La soupe au fromage, pas véritablement un plat de la cuisine provençale. Pourtant...

Faites revenir 3 oignons coupés en fines tranches dans une marmite, ajoutez-y une cuillerée de farine que vous laisserez blondir. Couvrez d'un litre d'eau. Salez, poivrez. Une gousse d'ail écrasée et une feuille de laurier finiront de donner du goût à la soupe. Laissez cuire 15 minutes environ.

Dans une soupière faites alterner un rang de tranches de pain, un rang de fromage de Gruyère râpé. On verse le bouillon dessus en le tamisant. On peut aussi faire gratiner le tout. Dans ce cas terminez de remplir la soupière par un rang de fromage râpé.

La fournade

Cheese soup

Cheese soup is not truly a provençal dish.
Fry thinly sliced onions in a cooking pot, add a spoonful of flour. Cover with a litre of water. Season with salt and pepper. One crushed clove of garlic and a bay-leaf give added flavour to the soup. Simmer for 15 minutes.
In the soup tureen, alternate slices of bread topped with grated Gruyère cheese. Pour over the onion stock. Top the soup with another layer of grated cheese.

Et puis, prolongeons par une soupe aux accents beaucoup plus sudistes :

La fournade

Dans 2 litres d'eau salée que vous aurez portés à ébullition, et auxquels vous aurez ajouté 1/2 verre d'huile, une feuille de laurier et une gousse d'ail, versez de la farine de pois chiche. Pour éviter la formation de grumeaux, versez-la en pluie, au centre d'un tourbillon que vous créerez avec un bâton de laurier. La soupe est terminée lorsque le bâton (le bâton de berger dont nous parle Mistral ?) peut tenir seul dans le mélange.

"La fournade"

Into 2 litres of salted boiling water, add 1/2 glass of oil, a bay-leaf, and a garlic clove, stir in chick-pea flour. To present the soup being lumpy, sprinkle the flour into the centre of the mixture which you have made into a well with a stick of laurel. The soup is done when the stick can stand up alone in the mixture.

Les salades
Salads

Salade de fèves

"Allons fit le vannier - Et ils s'avancèrent vers un coin - de la table de pierre et coupèrent du pain - Mireille leste et accorte - avec l'huile des oliviers - assaisonna pour eux un plat de féveroles - Elle vint ensuite en courant le leur apporter de ses mains."

Mireille, Chant I

Il s'agit ici du premier plat du souper, le repas du soir, une salade de fèves.
Voici une recette un peu enrichie puisqu'on ajoute de jeunes oignons et des anchois.
Pour 4 personnnes, prenez 500 grammes de fèves écossées. Enlevez la première membrane qui recouvre la graine en la pinçant entre le pouce et l'index (l'opération peut être réalisée après cuisson). Plongez-les dans une casserole d'eau bouillante salée à laquelle vous aurez ajouté un brin de thym ou de sarriette. Laissez cuire 6 à 8 minutes, selon la grosseur des fèves. Dans un saladier préparez une vinaigrette avec les oignons hachés, les filets d'anchois (4 ou 5) grossièrement coupés. Versez les fèves, tournez le tout. Laissez refroidir avant de servir.

Broad bean salad

This concerns the first dish at supper, the evening meal, a broad bean salad.
For 4 people take 500 g of peeled beans.
Cook the beans in boiling salted water with a sprig of thyme for 6-8 minutes.
Peel the thin membrane of beans. This can also be

done after cooking is finished.

In a salad bowl prepare vinaigrette with some sliced onion, anchovy fillets (4 or 5) chopped finely. Put the beans in the mixture. Let cool down before serving.

On peut également cuisiner les fèves en barbouillade, en soupe relevée avec un brin de menthe, ou les manger simplement crues, à la croque-sel.

One can alson cook the beans in "barbouillade", a soup seasoned with mint, or it is eaten simply with crushed salt.

Autres salades : les légumes cuits le plus souvent mis en salade sont les haricots blancs et les haricots verts que l'on présente avec des pommes de terre et des oignons, les lentilles, ainsi que les pois chiches.

Pour les accompagner, outre une vinaigrette à laquelle on peut ajouter une gousse d'ail grattée sur une fourchette, on peut penser surtout pour les pois chiches et les haricots blancs à des lactaires délicieux conservés au vinaigre et à l'huile.

Other salads : cooked vegetables, more often, haricot beans or French beans are mixed with potatoes and onions, lentils, as well as chick peas.

To accompany them, in addition to vinaigrette to which one can add a crushed clove of garlic, one can think above all at mushrooms that have been preserved in an oil and vinegar mixture.

Lactaires au vinaigre et à l'huile

Pour réaliser cette conserve, prenez 1 kilo de lactaires délicieux, coupez le bas du pied, nettoyez-les avec de l'essuie-tout.

Dans une marmite versez 1 litre d'eau et 1 litre de vinaigre. Salez, poivrez. Mettez aussi un bouquet garni, deux gousses d'ail. Faites bouillir une dizaine de minutes puis ajoutez les champignons. Laissez cuire un quart d'heure. Faites refroidir. Mettez les champignons dans des bocaux, recouvrez-les d'huile d'olive.

Maison de la mère de Mistral

Les aubergines

Très sensuelle d'apparence, l'aubergine parle à presque tous les sens ; très orientale aussi, ce légume -roi de l'été- tient dans l'oeuvre de Mistral une place aussi importante que dans la cuisine provençale.

Aubergines

Outwardly, sensual in appearance. It is also oriental.
The champion vegetable, king of summer, it plays an important part for Mistral as it does also into Provençal cuisine.

La scène se passe à Paris, au siège de la vénérable société des "*Sartaniers*" (ceux qui cuisinent à la poêle) du Midi :

"Le chevalier Escoffier, rédacteur au Petit Journal prit alors la parole :

- À Sérignan dit-il, le plus souvent nous les mangeons fricassées. Voici comment on fait : nous les refendons en deux, les entaillons avec le couteau, leur exprimons bien leur eau, puis, zou! Dans la poêle avec de la bonne huile... Elles sont fameuses.

- À Carpentras, dit le docteur Delorme, nous les aimons mieux au tian, nous en mettons des morceaux dans une terrine, puis on les fait cuire au four. Oh! Quel manger! Voyez! Je ne vous en dis pas davantage.

- Au Thor, dit le musicien Teste, nous les apprêtons en barbouillade, c'est à dire que nous les faisons roussir avec de l'ail, de l'oignon et quelques pommes d'amour (tomates) dans une casserole, c'est bon.

- Puisque vous parlez de pommes d'amour, dit Béchard, l'ingénieur, nous autres à l'Isle, pommes d'amour et aubergines, nous les farcissons à la poêle... Mais quelle farce! Vous vous en lècheriez les doigts!

- S'il m'est permis dit le docteur Violet, de fournir mon avis après des hommes aussi compétents, je vous dirais qu'à Maillane, nos charmantes filles les apprêtent en beignets... Vous parlez de barbouillade, de farce et de tian ? Si vous tâtiez nos beignets, vous en mangeriez tout le jour!

- Eh! dit Jean (celui qui tient le café de Bade) voulez-vous que je vous enseigne la façon d'en manger tout l'an ? Nous, à Saint-Savournin, nous les coupons en rondelles, comme le saucisson, puis, enfilées, nous les faisons sécher au soleil. L'hiver avec de la saucisse, on dirait des champignons!

- C'est une chose que je puis affirmer, dit l'avocat Jules Gaillard, c'est qu'à Apt, mon pays, on en fait des confitures! Et quand une aubergine, pompeuse dans son sucre et rousse comme l'or, apparaît sur la table, il n'y a rien qui fasse plus de plaisir.

- Pardon, maître Gaillard, fit ici le Président, je crois que vous sortez de la question, il s'agit en ce moment des aubergines à la poêle. Sommes-nous Sartaniers ou Confiseurs ?

- Comment répondit Saint-Martin, le député, eh bien! Nous à Pertuis, nous les faisons cuire sans assaisonnement et il n'y a rien de meilleur. Vous prenez une bonne aubergine, la mettez sur la braise sans lui ôter la peau. Quand elle est cuite, ouvrez-la, elle est blanche comme un lys! Mettez-y du sel, du poivre, avec une coulée d'huile... Cela attrape aux rognons."

Proses d'Almanach

"Tu peux te rendre chez des peuples nouveaux - qui font leur soupe à l'huile de navette - mais les potées - Des

aubergines - que parfumait l'huile de l'olivier, - Sois-en certain, - Tu en auras regret."

Les Olivades

La bohémienne

Mistral nous présente là une autre façon d'apprêter les aubergines, celle en potée, que l'on nomme aussi la bohémienne. Spécialité avignonnaise, elle se rapproche de la barbouillade du Thor, à ceci près que, nous l'allons voir, elle se consomme en pommade.

Pour la réaliser, pelez les aubergines, coupez les en dés, faites-les dégorger une bonne demi-heure. Pelez et épépinez les tomates.

Dans une cocotte, faites fondre les oignons coupés en rondelles, ajoutez ensuite les aubergines. Remuez bien. Mettez les tomates et de l'ail. Faites cuire le tout doucement en écrasant les légumes avec une cuillère en bois contre les parois de la cocotte pour en faire une pommade. Il faut environ trois quart d'heure de cuisson. Vous aurez pendant ce temps préparé un mélange d'anchois pilés, de lait (la moitié d'un verre) et de farine (une cuillerée) que vous incorporerez, avant la fin de la cuisson, à la bohémienne.

On peut servir la bohémienne chaude ou froide, ou encore la faire gratiner.

Les poivrons à l'huile

"Apprêtez-nous un aïoli flamboyant
Et des poivrons nageant dans l'huile."

Nerte
La Nonne Chant IV

J'aime bien *"aïoli flamboyant"*, flamboyant surtout, cet aspect cathédrale. Je le laisse de côté pour l'instant, l'aïoli, pour m'arrêter sur *"les poivrons nageant dans l'huile"*. Une magnifique entrée froide.

Les poivrons nageant dans l'huile

Prenez de beaux poivrons jaunes et/ou rouges (les jaunes sont un peu plus doux que les rouges). Lavez-les, essuyez-les, coupez-les en lamelles dans le sens de la longueur. Mettez-les au four ou au gril sur un feu de bois. Au four, il faut bien 2 heures 30 de cuisson, au gril un peu moins. Quand ils sont cuits, enveloppez-les, chauds encore, dans quelques feuilles de papier journal, pressez-les, cela facilitera l'opération suivante qui consiste à leur enlever la peau. Ceci fait, laissez-les refroidir. Servez avec une vinaigrette, peu de vinaigre, peu de sel, beaucoup d'huile et de poivre. On peut ajouter une gousse d'ail écrasée.

Sweet peppers with oil

I do enjoy the words "aïoli flamboyant" as it makes me think in some ways about a church. I will forget the aïoli for the moment, to look carefully at the "sweet peppers swimming into oil". This is a wonderful cold dish.

Take large yellow and red sweet peppers, yellow ones being sweeter than red ones. Wash them, dry them and cut them into the length. They have to be baked on wood for just a bit less than two hours and a half. Baking them in an oven will take a little bit more. Once baked, press them with some paper, it will help removing the skin. Once removed, let the sweet peppers cool down and serve them with salt, pepper and a lot of olive oil. You can add a big clove of crushed garlic.

Bohémienne d'aubergines

Tian d'épinards

Le tian

"Le tian à proprement parler est un grand plat de terre, assez peu profond et très large ... Tout ce que l'on fait cuire dans cet ustensile (d'habitude au four) s'appelle aussi un tian. Il y a le tian d'épinards, de courge, de sardines, d'aubergines, de pommes de terre. Mais le véritable tian, le tian de Carpentras est un mélange de blettes, d'épinards, de persil, cuit avec de la morue, assaisonné avec de l'ail, du sel, du poivre et lié avec de l'oeuf, du fromage, du lait et surtout de l'huile. On saupoudre de chapelure et on décore avec des tranches d'oeufs durs."

En provençal dans L'Almanach provençal de 1870.
Traduction Alain Gérard

"Le tian"

Normally speaking, a tian is a big plate made of clay, shallow and wide. All that is baked into it is also called "tian". Tians can be cooked of spinach, gourds, aubergines, potatoes or fishes.

La recette du tian est ici bien améliorée par Mistral. En fait, elle est beaucoup plus simple à réaliser. Remplissez un tian ou un moule à gratin d'épinards lavés et égouttés. Salez, poivrez. Saupoudrez de farine, ajoutez un filet d'huile d'olive et faites cuire au four environ une demi-heure.

Les caillettes

"Et croyez-vous que l'on fit bombance
Pour arroser la gloire du Reinage (élection du roi de la marine, note de l'auteur)
Poitrail de boeuf à la graisse potelée, les oies dodues et les oies d'Inde.
Et les jambons fumés, les caillettes
D'herbes hachées, cuites au four, bien onctueuses".

Le Poème du Rhône
Chant I Patron Apian

Caillettes d'herbes hachées

Caillettes d'herbes hachées

Les caillettes maigres aux épinards

Les caillettes dont il est question ici, sont des caillettes maigres, "des caillettes d'herbes hachées", aux épinards et au fromage de chèvre frais (la brousse). Pour les réaliser, faites revenir 250 grammes d'épinards, hachez-les avec de l'ail et du persil, salez, poivrez. Incorporez au mélange 1/2 kilo de brousse, 250 grammes de farine et trois oeufs entiers. Bien malaxer. En faire une douzaine de mottes, les enduire de farine, les faire cuire à l'eau bouillante ou au four une quinzaine de minutes. Ces caillettes se servent chaudes ou froides.

"Les caillettes" with spinachs

Here we speak about caillettes, with minced herbs, spinach and goat's cheese. To cook them, brown 250g of spinach and mix them with garlic, parsley, salt and pepper. Add 500g of goat's cheese, 250g of flour and three eggs. Mix and separate into twelve blocks witch you will smear with flour before boiling them for fifteen minutes. Serve the blocks either hot or cold.

Il existe aussi des caillettes dites provençales, confectionnées à base d'épinards mais que l'on aura fait bouillir, avant de les hacher avec du foie de porc - on prendra en quantité deux fois plus d'épinards que de foie - et du lard (200 grammes de lard pour 500 grammes de foie par exemple). On mélangera bien, on salera, poivrera. On fera ensuite des mottes que l'on entourera de crépine et on les fera cuire au four avec un peu de vin blanc.

"la belle fille de Crau colorée par la marche - Et qui dans le seau avait plongé ses lèvres (la scène se passe autour d'un puits) releva tout d'un coup son charmant minois :

" Mignon que fais-tu là ? - Petite pause - dans le gazon et les galets - tu ramasses des limaçons ? - Vous avez deviné juste!" répliqua le petit. "Voyez combien j'en ai dans ma corbeille! J'ai des nonnais, des platelles, des moissoniennes... Et puis, tu les manges ? - Moi, nenni, ma mère tous les vendredis les porte à Arles pour les vendre - Et nous ramène bon pain tendre..."

Mireille
Chant VIII

Très appréciés en Provence, les escargots se préparent de différents manières. Parmi toutes celles que l'on connaît : à la provençale, en matelote, en bouillabaisse, sur le gril... J'en ai choisi deux :

"À l'aigo sau" d'abord

Les escargots que l'on aura ramassés, j'ai envie d'écrire cueillis sur des plants de fenouil, ils sont blancs, on les fera jeûner une dizaine de jours. Puis, on les lavera dans de l'eau vinaigrée -ne pas hésiter à recommencer l'opération plusieurs fois. Dans une marmite, mettez environ 3 litres d'eau pour 1,5 à 2 kilos de limaçons. Salez beaucoup, poivrez, mettez un bouquet garni, un zeste d'orange si cela vous tente. Faites bouillir et jetez dedans votre récolte. Le temps de cuisson est de deux heures. N'oubliez pas d'écumer souvent. On sert ces limaçons avec l'apéritif.

Snails "à l'aigo sau"

Snails that you will have in a way cut from flower plants, are white and will be kept without food for ten days ; you should wash them many times into water and vinegar. Boil three litres of water into a pan and add one to two kilos of snails along with salt and pepper, a bunch of aromatic plants and, if you wish, some orange zest. Let it boil for two hours, removing the scum when needed. Serve before meal.

En suçarelle ensuite

Il vous faut une vingtaine d'escargots par personne. Après les avoir cuits comme indiqué ci-dessus, coupez le fond de la coquille, à la naissance de l'hélice de chacun d'eux. Préparez une sauce à base de tomates et d'oignons que vous ferez revenir avec de l'ail, du persil, trois ou quatre anchois hachés. Selon le goût, on peut aussi remplacer les anchois par 200 grammes de lard maigre haché. Faites une liaison avec de la farine, ajoutez un peu de court bouillon. Laissez cuire afin que la sauce épaississe puis ajoutez-y les escargots et laissez encore une demi-heure au feu.

Une recette assez rustique, on le voit. On mangera les escargots avec les doigts (eh oui !) en aspirant leur chair, d'où le nom de suçarelle donné à ce plat.

Les poissons
Fishes

Poissons d'eau douce
Freshwater fishes

L'alose

"Non content de fourrer à travers tous les coins leurs filets en bourse et leurs carrelets pour attraper quelques méchants paniers d'aloses."

Poème du Rhône
Chant IX En aval d'Avignon

Le plus difficile dans cette recette est de trouver de l'alose, un poisson proche du hareng qui, au printemps, remontait les fleuves, le Rhône en particulier. Une recette pour en conserver la mémoire, sans plus.

Alose aux herbes

Il s'agit, dans une cocotte de faire alterner une couche composée d'oseille, d'épinards ou de blettes de quelques rondelles de citron et des darnes d'alose sur lesquelles on verse un verre d'eau-de-vie. L'alcool, le jus de citron et l'oseille devant faire fondre les arêtes, nombreuses, du poisson. On recommence jusqu'à ce que le récipient soit rempli. Faites cuire au moins 3 heures au feu, puis terminez la cuisson, une heure encore, au four.

Shad

It is almost impossible to find shad, but it is worth the effort. It is very similar to the herring which, in spring, goes back up the rivers, the Rhône in particular. A recipe which will help you recover some memories.

In a large cooking pot make a base alternating layers of sorrel, spinach or beetroot with some slices of lemon and the shad steaks. Pour over a glass of brandy. Cook for at least 3 hours on the stove and complete the cooking one more hour, in the oven.

Soyez attentifs aux arêtes en consommant ce plat... Dans la vallée du Rhône on appelle l'alose "*l'étrangle belle-mère*"!

Take away carefully all the bones before serving and eating.

In the Rhône valley, shad is called "the strampling mother-in-law".

L'alose se mangeait aussi, simplement sur le gril, comme tous les poissons de rivière.

Poissons salés
Saltwater fishes

La morue "à la cachino"

"Quelques morceaux de merluche braisée;"

Mémoires et récits
La ribote de Trinquetaille

Voilà un joli plat, à peine dérivé de "la merluche braisée", qui dans un repas du soir, peut venir après une soupe au pistou. Prenez de la morue, 150

Morue "à la cachino"

Morue "à la cachino"

grammes par personne. Ne la faites pas dessaler, coupez-la en morceaux que vous ferez griller. Sur le même gril, mettez aussi des tomates coupées en deux, de belles tomates de fin d'été, bien mûres. Dans votre assiette écrasez à la fourchette une demi-tomate, émiettez dedans la morue, arrosez le tout d'huile d'olive, poivrez. On mange la morue et les tomates ainsi préparées en sauçant du pain dans son assiette. On peut servir avec un rosé ayant du corps, je pense à un Tibouren.

The salted cod "à la cachino"

Here is a good dish, hardly derived from braised codfish, which is eaten at the evening meal, it can appear after a vegetable soup flavoured with basil. You need 150 grammes per person of salted cod. Do not soak or attempt to desalinate. Cut into medium-sized pieces and grill. At the same time add to the grill some halved tomatoes, preferably the firm late summer ones. On one's own plate crush one of the halved tomatoes with a fork and mix it with some of the fish. Sprinkle with olive oil and a little pepper. One may also eat the "cachino" from the plate, with chunks of bread dipped into the mixture. Serve with a full-bodied rosé ; I thought by "Tibouren".

Anchois et anchoïades

"Au port d'Ancone, à peine ont-ils mangé l'anchois."

Poème du Rhône
Chant IV Les Vénitiennes

"Et les marchands forains qui en famille, y mangeaient en plein air un coeur de céleri."

Poème du Rhône
Chant X La foire de Beaucaire

Pont d'Avignon et Ventoux

"Les charretiers là-haut sur la chaussée, écrasant sur leur pain leur hareng, leur anchois, remâchant lentement et causent."

Poème du Rhône
Chant XII La catastrophe

"Nous les bons Provençaux nous écrasons les anchois marinés au sel."

Les Iles d'Or

Parmi les poissons les plus présents dans la cuisine provençale, les anchois se consomment rarement frais, on les prépare et on les conserve, en même temps, comme suit :

Anchois à la saumure

Prenez des anchois frais auxquels vous ôterez les têtes. Vous les essuierez sans les laver et les disposerez en rangées, les plus serrées possible, dans un bocal de verre, séparées par une couche de gros sel. Une règle, on commence par le sel (on tapisse le fond du bocal de gros sel) et on termine par du sel. On ferme le bocal. Au bout d'une semaine, on peut l'ouvrir et enlever une sorte de liquide gras qui se sera formé à la surface. Ne pas vider la saumure! Ainsi préparés, les anchois peuvent être consommés deux mois après et se conserver une bonne année. Toutefois, il vaut mieux mettre un pot ouvert au réfrigérateur.

Ce sont ces anchois à la saumure que l'on mangeait au petit déjeuner au temps de Mistral. Aujourd'hui, ils entrent surtout dans la composition de l'anchoïade, ou pommade d'anchois.

Anchovies and anchovy sauce

Among the fishes, anchovies are by far the most popular and the most common in Provençal cooking.

They are often purchased cleaned and prepared and frequently bough in tins. Salted, anchovies may be eaten two months after the operation and conserved for more than a year.

Sometimes, they last better, put in an open pot in the refrigerator.

These are the anchovies, pickled in brine that were eaten at breakfast in Mistral's era.

Today they appear in the dish anchoïade, an anchovy sauce.

L'anchoïade

Pour une anchoïade, il faut prendre (par personne) deux anchois que vous laverez (afin de les débarrasser de la saumure) et auxquels vous enlèverez l'arête centrale. Mettez-les dans une casserole avec de l'huile et un peu de vinaigre. Tournez le tout avec une spatule en bois, sur un feu doux, jusqu'à en faire une sauce. Retirez du feu, poivrez largement, salez si nécessaire.

On trempe dans l'anchoïade tous les légumes que l'on veut (le coeur de céleri de la foire de Beaucaire, sûrement!) crus ou cuits. L'anchoïade peut également accompagner une *"roustido"* : ce sont des tranches de pain grillées, arrosées d'huile d'olive, que l'on frotte d'ail et sur lesquelles on étend une couche d'anchoïade.

"Anchoïade"

To make it, you will need two anchovies per person cleaned, scaled and pickled (with backbone removed). Place in a saucepan with some oil and a little vinegar. On a gentle heat stir them with a wooden spatula until it becomes a sauce. Take off the heat and add

Anchoïade

plenty of pepper, only salt it, if necessary continued. Using your favourite vegetables raw or cooked, dip the pieces into the anchoïade.

La brandade

"Prenez de la morue verte, la meilleure des variétés de morue. Faites-la dessaler, si cela est possible dans de l'eau courante en la retenant par la queue. Une fois qu'elle aura bien trempé, mettez-la à cuire dans un vase en terre ou dans une terrine sans toutefois qu'elle prenne le bout, car il lui faut peu de cuisson. Après, défaites la chair en éclats et enlevez bien les arêtes. Mettez cela dans une cassolette sur un petit feu doux. Pour l'opération qui suit, il vous faut de l'aide. Pendant que sur la morue on verse sans s'arrêter un fin filet d'huile et de temps en temps quelques gouttes de lait chaud, l'autre, le cuisinier tourne le mélange, toujours au même rythme, assez vivement quand même pour que la liaison puisse se faire. Une fois qu'il est chaud, enlevez le mélange du feu tout en continuant à tourner avec une cuillère en bois, tandis que votre aide continuera de verser de l'huile et du lait pour adoucir la pommade. Et là, vous verrez peu à peu monter votre brandade, jusqu'à ce que crémeuse et ferme, elle vous dise : "mange-moi".

En provençal dans L'Aïlloli,
numéro 45 du 25 mars 1892.
L'article est signé "Cousinié Macari",
le cuisinier du diable (F. Mistral, bien sûr).
Traduction Alain Gérard

Assez poétique cette façon de "*monter*" une brandade. Il y en a d'autres, plus modernes, je dirais, mais celle-ci est celle de Frédéric Mistral.

Pour cinq personnes, il faudra un bon kilo de morue que vous aurez mis à dessaler vingt-quatre heures, vingt centilitres d'huile d'olive, dix centilitres de lait. On poivre la brandade une fois terminée, saler n'est pas toujours nécessaire.

Brandade de morue

Les omelettes
Omelets

"Les moissonneurs faisaient leurs cinq repas par jour : vers sept heures, le déjeuner avec un anchois rougeâtre qu'on écrasait sur du pain qu'on trempait dans du vinaigre et de l'huile, le tout accompagné d'oignons violemment piquants aux lèvres, vers dix heures le grand boire, consistant en un oeuf dur et un morceau de fromage, à une heure, le dîner, soupe et légumes cuits à l'eau. Vers quatre heures, le goûter une grosse salade avec croûtons frottés d'ail, et le soir souper, chair de porc ou de brebis ou bien omelette d'oignons appellée "meissonienne."

Mémoires et récits
La République de 1848

"Nous nous fîmes une omelette au lard."

Mémoires et récits
Autour du Ventoux

"Et les berles (herbes), farcies en omelette."

Poème du Rhône
Chant X la Remonte

Outre que l'omelette est devenue indispensable sur la table du déjeuner du lundi de Pâques en Provence, ce plat était au XIXe siècle une des bases de l'alimentation aussi bien à la campagne qu'à la ville. Pour confectionner les omelettes, on dispose en Provence d'un ustensile original : "*lou viro pei*" (le tourne poisson qui sert lors de la friture des mange-tout) permettant de les retourner sans trop de difficultés. On ne les plie donc pas.

La "meissonienne"

La meissonienne, ou omelette des moissonneurs est donc une omelette aux oignons. Il faut environ 200 grammes d'oignons, plutôt doux, par personne.

Pelez les oignons, coupez-les au couteau, en tranches que vous ferez revenir dans une poêle. Ajoutez les oeufs battus et assaisonnés. L'omelette des moissonneurs se mange chaude ou froide.

"La Meissonienne" (onions omelet)

The "Meissonienne" is simply cooked with onions. You will need 200 g of sweet ones for one person. Remove the skin, cut them into slices and fry into a pan. Prepare the eggs for an omelet and add them along with salt and pepper. The "messonienne" is to be eaten cold or hot.

L'omelette au lard

Il n'est pas sûr que cette omelette au lard dont parle Frédéric Mistral dans Mémoires et récits soit une véritable omelette, il pourrait aussi s'agir d'un "*riguigneù*", c'est-à-dire, selon R. Jouveau d'une tranche de lard maigre que l'on trempe dans des oeufs battus et que l'on poêle rapidement.

Bacon omelet

F. Mistral tells about it into his book "Mémoires et

Omelette aux épinards

Récits", but it is not sure that it is a real omelet. It could also be a "riguigneu", that is to say a slice of streaky bacon plunged into eggs and quickly fried.

Les omelettes aux herbes

Parmi les omelettes aux herbes, celle qui a le plus cours en Provence est sans doute l'omelette aux épinards. Plongez dans de l'eau bouillante salée 500 grammes d'épinards. Retirez-les au bout de cinq minutes, passez-les sous l'eau froide. Séchez-les, hachez-les finement avec quelques tiges de ciboulette et une gousse d'ail. Dans huit oeufs battus, salés et poivrés, mettez la préparation de légumes. Faites chauffer de l'huile dans une poêle, y verser le tout. Laissez cuire deux à trois minutes de chaque côté.

Herbs omelets

Amongst all omelets, the one that we prefer in Povence is the spinach omelet. Soak 500 g of spinach into boiling water for 5 minutes, then cool them under fresh water. Dry them and mix them with garlic. Beat 8 eggs with salt and pepper and mix with the spinach. Have oil warm up in a pan and put the preparation into it, letting it bake for 3 minutes on each side.

Et encore, un plat que l'on mange rarement :

L'omelette aux câpres

Prenez deux cuillerées à soupe de câpres confites au vinaigre par personne, mélangez-les à des oeufs battus, salés et poivrés. Faites-en une omelette.

Oeufs brouillés aux asperges sauvages

"Voilà les choses. Ma vie, sans doute, - Est bien austère et je supporte de grandes privations... - Des asperges sauvages, des amandes de pin... - À ma mesquine vie - suffisent : je me nourris de reste de mon ressentiment."

Calendal
Chant I

Scrambled eggs with wild asparagus

Gently cook asparagus tips into oil for a few minutes then add water and finish cooking covered. Beat 9 eggs with salt, pepper and the asparagus. Warm olive oil into a frying pan and plunge the preparation. Gently mix with a wooden spoon. Scrambled eggs are to be served into egg cups.

Jeunes brins d'asparagus poussant dans les collines dès la venue des beaux jours, les asperges sauvages peuvent être accommodées avec des oeufs brouillés ... Faute de truffes, on peut en faire en février/mars une entrée chaude originale.

Encore faut-il aller les cueillir! Il est rare que l'on puisse en une seule sortie en récolter la quantité nécessaire pour plusieurs personnes.

On fera donc congeler les extrémités jusqu'à ce que l'on en ait suffisamment (100 grammes environ pour 4 personnes).

Faites revenir les pointes d'asperges dans de l'huile à feu doux pendant quelques minutes puis ajoutez un peu d'eau et terminez de les cuire en les couvrant. Les retirer du feu. Battez 8 à 9 oeufs, salez, poivrez. Incorporez-y les asperges. Dans un poêlon mettez 2 à 3 cuillerées d'huile d'olive, y verser le mélange oeufs/asperges. Tournez avec une cuillère en bois. servez les oeufs brouillés encore liquides dans des coquetiers.

Les volailles

Poultry

"Et les poulardes là-bas de Roquemaure,
Nourries à profusion par le mil à balais"

Poème du Rhône
Chant V

Dans le registre très large des recettes concernant les volailles, des animaux omniprésents dans les cours des fermes au XIXe siècle, on reste dans le ton avec cette pintade farcie aux figues.

Portrait de Mistral

Pintade farcie aux figues

Commencez par faire la farce : hachez 300 grammes de girolles (à défaut de champignons de Paris), deux échalotes. Faites suer. Ajoutez deux petits suisses, 10 centilitres de marc de Provence, le foie de la volaille haché, une demi-douzaine de grains de genièvre concassés, six figues bien mûres coupées en quartiers. Salez, poivrez. Remplissez la pintade avec cette farce. Cousez. Entourez la volaille de bardes de lard puis de feuilles de figuier que vous aurez lavées et essuyées. Ficelez. Mettez une heure trente au four. Dressez sur un plat les morceaux de pintade découpés, la farce au milieu.

Stuffed guinea-fowl with figs

Prepare the stuffing : mince finely 300 g mushrooms and 2 shallots. Fry them quickly. Then add 2 "petits-suisses", 10 cl brandy, a minced chicken live, 6 juniper berries, 6 diced figs. Season with salt and pepper. Mix well and stuff guinea-fowl with this preparation. Truss cavity and lard the poultry with finely slices of lard and some leaves of fig tree (ceaned and dried). Tie up.

Cut the guinea-fowl in some pieces and place them in a serving dish, accompanied by stuffing.

Pintade aux figues

Le cabri

"Les mariniers, pourtant ayant achevé leur cabri..."

Mémoires et récits
La ribote de Trinquetaille

La viande de chevreau, viande en devenir s'apprête comme celle de l'agneau.

Deux recettes :

Le sauté de chevreau

Pour quatre personnes, prenez 2 kilos d'épaule et de côtes (découvertes) de chevreau. Coupez-les en morceaux. Dans une sauteuse faites dorer la viande pendant 15 minutes dans 2 cuillerées d'huile. Ajoutez ensuite deux gousses d'ail et du persil haché. Salez, poivrez. Couvrez. Terminez la cuisson à feu très doux en remuant de temps en temps.

Kid "sauté"

For 4 persons cut into pieces 2 kilos of rib and shoulders. Cook the meat into 2 tablespoons of oil for 15 minutes. Add two cloves of garlic and minced parsley, along with salt and pepper. Finish cooking covered with regular gentle mixing.

Et puis le gigot de chevreau à l'ail

Vous préparerez un hachis d'ail (2 ou 3 gousses) et de persil (une poignée) dont vous enduirez un gigot de chevreau. Ceci fait, vous entourerez le tout de bardes de lard maigre finement coupées. Ficelez. Salez, poivrez. Mettez au four. Trente minutes de cuisson devraient suffire.

"Le gigot de chevreau à l'ail" (kid's leg with garlic)

Mince 2 cloves of garlic and some parsley and smear a kid's leg with. Surround the leg with thin slices on bacon. Tie up, add salt and pepper and have it roast for 30 minutes.

La "broufade"

"Et les escaliers du port de Condrieu où, si Dieu le veut, dans moins d'un mois nous puissions retrouver tout le monde. Et, mangeant la broufade épaisse et forte où sur les oignons s'empile le boeuf, ils font honneur aux plantureux morceaux et cognent du pichet."

Le Poème du Rhône
Chant X, La foire de Beaucaire

Cuisine des temps anciens, éliminée de tous les livres de cuisine provençale actuels, la broufade est un plat qui tient à l'estomac. Sorte de capitolade, pas très loin du fricot des mariniers d'Arles, les éléments de base en sont des tranches de boeuf assez épaisses que vous aurez mises à mariner une dizaine d'heures dans de l'huile parfumée au laurier, à l'ail et aux clous de girofle. Dans une marmite, en terre de préférence, mettez une couche d'oignons et d'ail hachés, puis une première tranche de viande et ainsi de suite. Arrosez de vinaigre, salez, poivrez. Laissez cuire au moins deux heures. N'oubliez pas de couvrir la marmite d'une assiette pleine d'eau. Avant de servir, quelques opérations sont encore nécessaires :

- Lier la sauce avec de la farine,
- Incorporer trois à quatre cuillerées de câpres hachées et un anchois par personne,
- Ajouter un filet d'huile d'olive.

La carbonade

"À eux les potées chavirant de viande
Avec les tranches de boeuf à l'étuvée
Que le laurier parfume dans la cloche de fonte."

Le Poème du Rhône
Chant IV L'anglore

La carbonade première manière, je dirais, est une façon d'utiliser les restes, de pot au feu par exemple. On hache la viande avec du persil et de l'ail. On mélange le tout. On fait revenir de la tomate et de l'oignon. On y ajoute de la mie de pain (provenant de deux à trois tranches) que l'on aura auparavant fait tremper dans de l'eau tiède et du lait. Quand le mélange est bien homogène, on l'ôte du feu et on le travaille en forme de galettes que l'on farine et que l'on fait frire.

Ce n'est pas de cette carbonade-ci dont nous parle Mistral, mais bien d'une potée au sens vrai du mot, c'est-à-dire de tranches de boeuf bardées de lard que l'on fait cuire à la marmite (la cloche en fonte) avec de l'huile, de l'ail et du lard maigre haché. Quand on juge la viande saisie, on ajoute une feuille de laurier, de la tomate et de l'oignon émincés, des carottes coupées en rondelles, une branche de céleri, des navets en quartiers (voilà la potée). On recouvre le tout d'eau mêlée d'un verre de vin rouge, assez présent, un Gigondas convient parfaitement. On laisse cuire environ deux heures, la marmite recouverte d'une assiette d'eau.

"La carbonade"

It is traditionally one way to cook the scraps of "pot au feu". Mince the meat with chopped parsley and garlic. Mix it. Place 1 tomato, 1 onion and 2 slices of bread (soaked in warm milk) in a frying pan and cook them over medium heat. When the mixture is well blended, remove from heat and shape into a ball. Roll each ball in flour, then press flat and fry until golden brown.
But Mistral thinks the authentic "carbonade" is a "potée" :
Lard slices of beef and place them into a large pot with garlic and minced streaky bacon. Fry some minutes in olive oil. Add bay leaf, diced tomatoes, chopped onions, sliced carrots, a stick of celery and turnips(cut into cubes). Pour water and one glass of red wine (Gigondas wine is perfect). Cover and let cook gently for about 2 hours.

La *"chouio"*

"Les matelotes, charbonnées et grillades"

Poème du Rhône
Chant X La Remonte

Ce que Frédéric Mistral traduit sobrement par grillade, en fait en provençal se dit *"chouio"* et c'est un plat plus riche que de la viande sur le gril... Voyons :

Commencez par faire une sauce piquante : faites revenir un oignon haché, ajoutez un trait de vinai-

La "chouïo"

Oignons, thym et laurier

gre, du coulis de tomate (20 centilitres), une cuillerée de farine (pour lier), un bouquet garni, une gousse d'ail. Le tout doit cuire environ trente minutes. Salez, poivrez. Ajoutez une poignée de câpres écrasées, voilà pour le piquant. Dans une poêle faites cuire autant de tranches de boeuf qu'il y a de convives. Quand elles sont cuites, les recouvrir de la sauce piquante. Laissez mijoter quelques minutes et servir.

L'aillade

"Enfin, le jeune héros amarre - Et vite escaladant la rive amère - là haut dans les collines, il se perd - après avoir refait ses forces avec une bonne aillade."

Calendal
Chant XII

On ne sait pas vraiment ce que Frédéric Mistral voulut faire manger à Calendal ce jour-là : *"un reves-set"* ? (texte en provençal) qui est une sorte de bouillabaisse, ou une aillade (texte en français, traduction de F. Mistral lui-même) ? Il faut choisir, j'opte pour l'aillade qui est un plat de viande de veau.

Pour cinq personnes, prenez 1 kilo de haut de cuisse de veau (du quasi), coupez la viande en morceaux que vous faites revenir dans de l'huile chaude. Dans une marmite mettez la valeur de deux tranches de pain que vous aurez fait tremper avec du lait, 5 tomates pelées, épépinées et hachées, dix gousses d'ail sans leur peau, du sel, du poivre. Vous ajouterez 20 centilitres de vin blanc. Faites cuire une vingtaine de minutes et mettez le veau dans la sauce. Il faut encore quarante-cinq minutes de cuisson avant de servir.

"Oh! Dieu de Dieu, les fricassées énormes
De sang de boeuf, les platées de gras double."

Poème du Rhône
Chant IX

Rien ne se perd dans la cuisine provençale, comme dans toutes les cuisines traditionnelles d'origine rurale, rien ne se perd d'un animal abattu, ni le sang, ni les entrailles, jusqu'au mou et à la tête (de mouton en particulier) que l'on apprête aussi.

Tripes

Nothing is lost in the Provençal cuisine, as in all traditional country cooking, no part is wasted of a slaughtered animal, nor the blood, nor the entrails, even the head (the sheep in particular) is also dressed and finished.

O tempora! O mores! Dépassées certes ces *"fricassées énormes de sang de boeuf"*, une sorte de galette en réalité que l'on peut faire avec du sang de boeuf ou de mouton.

Fricassées de sang

Dans une poêle où vous aurez fait chauffer de l'huile, versez un litre de sang de mouton, laissez cuire une dizaine de minutes. Retournez sur l'autre face, terminez la cuisson. La galette est cuite lorsque se forment à sa surface de petits cratères. Garnissez d'ail et de persil avant de servir.

Fried blood

Heat some oil in a frying pan. Pour in a litre of sheep's blood and cook for about 12 minutes. Turn over, like a pancake and finish cooking. It will be done when little craters form at the surface. Garnish with a pinch of garlic and parsley, before serving.

Le gras double

Toujours en vogue, malgré des hauts et des bas, le gras double. On le préparera à la Marseillaise. Pour une dizaine de personnes -c'est un mets que l'on mange à plusieurs- prenez 2,5 kg de tripes, avec les morceaux les plus variés possibles. Coupez-les en carrés de 5 centimètres de côté que vous plongerez une dizaine de minutes dans de l'eau que vous aurez mise à bouillir avec un bouquet garni. Dans une marmite, faites revenir 300 g de lard maigre coupé en dés, 4 oignons hachés fin, 1,5 kg de tomates pelées et écrasées dans un mortier. Salez, poivrez. Ajoutez quelques brins de thym, une dizaine de gousses d'ail. Mettez ensuite le gras double et recouvrez de 3/4 de litre de vin blanc. Laissez la marmite couverte à mijoter pendant 8 heures... On sert en général le gras double avec des pommes de terre cuites à l'eau (comptez-en deux par personne).

"Le gras double" (Provençal tripes)

Always popular, despite its ups and downs rich fat we are going to make it in the Marseillaise way. For 12 people altough -it is a dish for several people- take 2.5 kilos of tripe, with as many different varieties of tripe as possible, cut them into 5 cm and add into boiling water with "bouquet garni" and boil for

12 mins. In a cooking-pot melt 300 g of shredded lard, 4 minced finely onions. 1.500 kilo of peeled and crushed tomatoes prepared in the mortar.

Season with salt and pepper. Add a few sprigs of thyme and a dozen cloves of garlic. To the double-lard add 3/4 litre of white wine. Leave the pot covered to simmer for about 8 hours...

Usually, "gras double" is served with boiled potatoes (counting two per person).

Et encore pour faire ressurgir des souvenirs gustatifs, deux recettes, d'un autre temps, elles aussi.

Le mou en sauce rousse

Dans une marinade (deux à trois gousses d'ail, deux à trois oignons, sel, poivre, laurier, huile) à laquelle vous aurez ajouté trois tomates concassées, mettez un kilogramme de mou coupé en morceaux. Laissez mariner six heures. Ensuite, versez le tout dans une marmite et faites cuire à feu doux. Vous aurez mis sur la marmite une assiette d'eau. Vérifiez de temps à autre la cuisson et ajoutez un peu d'eau chaude si nécessaire.

And finally

Lungs in brown sauce

Take 1 kilo of lungs cut up into pieces with 2-3 garlic cloves, 2-3 onions, season with salt and pepper, add a bay-leaf and oil and 3 pureed tomatoes. Mix and marinade for about 6 hours. Cook gently in a pot covering with a dish of water. Check, from times to times, to see it is cooking and add a little hot water if necessary.

La poule à dents, ou la tête de mouton au four

Prenez une tête de mouton, avec la cervelle, que vous ouvrirez par le milieu. Faites-la tremper dans de l'eau vinaigrée deux à trois heures. Ceci fait, disposez-la dans un plat sur un lit de pommes de terre coupées en lamelles épaisses. Assaisonnez, n'oubliez pas un filet d'huile et quelques brins de thym. Faites cuire au four.

Bibliothèque

"Cueille-nous Mireille, quelques pommes - de celles qui mûrissent à la Saint Jean et avec un fromage frais - nous irons, nous, goûter sous les micocouliers".

Mireille
Chant III

"La table, réjouissait, lavée - comme une feuille d'avoine - le cachat odorant, l'ail qui brûle au palais."

Mireille
Chant VII

"Et les rigottes joliment pliées dans des feuilles de vigne."

Poème du Rhône
Chant I

"Ma mère chaque jour, telle que les bergères chantées par Virgile, portant sur la hanche la terrine pleine, venait dans le cellier avec son écumoire et là, tirant du pot à beaux flocons le caillé blanc, elle en emplissait des formes percées de trous et rondes et après les jonchées faites, elle les laissait proprement s'égoutter sur le jonc."

Mémoires et récits
À Aix-en-Provence

On vend aujourd'hui dans les crémeries d'excellentes rigottes et des fromages blancs (les jonchées de F. Mistral) moulés en faisselle ou non. Un des seuls fromages que l'on peut continuer à faire chez soi est le cachat, un fromage qui, en Provence, portait selon les lieux des noms différents : broussin, fromage cuisant...

Alors, comment faire du cachat ?

Il est nécessaire d'avoir ce que l'on pourrait appeler une base. Ce peut être des restes de fromage de Roquefort, de tomme fraîche... On mettra ces restes écrasés à la fourchette dans un bocal avec un petit verre de marc de Provence. On tournera à l'aide d'une cuillère en bois une fois par jour. Ajoutez de temps en temps ce qu'il vous reste de fromage à pâte molle et un petit verre d'alcool. On mange ce fromage tartiné sur des tranches de pain grillées. Certains amateurs de cachat ne font griller le pain qu'après l'avoir tartiné de fromage.

Then how cook "le cachat"?

"Le Cachat"

You first need some basis. It can be parts of Roquefort or other cheese. Use a fork to crush those scraps along with a little brandy. Mix with a wooden spoon one time everyday. Sometimes add more soft cheese and a bit more alcohol. This cheese is better served with toasts. Some prefer roasting the bread after having it covered with cheese.

Les fruits
Fruits

Les figues
Figs

"Devant des figues comme celles - Madame, que vous m'avez envoyées - Virgile aurait chanté certainement - et Théocrite aurait crié merveille."

Les Iles d'Or
À Mme Guillaumon d'Antibes,
qui m'avait envoyé des figues.

"Et empilés dans des cabas, les raisins secs, les figues succulentes."

Calendal
Chant I

"Oh! oh, des figues précoces."

Calendal
Chant XI

Il semble qu'au temps de Mistral il y avait peu de fruits sur la table au dessert. On préférait sûrement les manger sur l'arbre ou au goûter.

On consomme les figues crues ou séchées parfois. On peut également en faire des confitures, des tartes (en les mariant avec des abricots) , les passer au four (5 minutes) et les servir avec de la crème fraîche. Une recette originale aussi consiste à les préparer en croûte, quelque chose finalement pas très loin du "pan coudoun", un dessert très "XIXe provençal" comme on dirait en ébénisterie.

Figues en croûte

Faites une pâte brisée en mélangeant 250 grammes de farine, une pincée de sel, 125 grammes de beurre en morceaux, 3/4 de verre d'eau. Il faut pétrir vigoureusement et mettre en boule plusieurs fois. Laissez reposer la pâte.

Prenez des figues noires, bien mûres, entre 8 et 10. Étendez la pâte au rouleau, sur 3 millimètres d'épaisseur, découpez-la en carrés, assez grands pour envelopper les figues. Posez une figue dans chaque carré, arrosez-la de quelques gouttes de marc de Provence et saupoudrez-la d'un peu de sucre, selon le goût. Refermez en rabattant les coins des carrés de pâte. Mettez vos figues en croûte sur une plaque, dorez à l'oeuf battu. Mettez au four 25 à 30 minutes. On les mange tièdes.

At the time of F. Mistral, they were only a few fruits for the dessert. One probably preferred eating them directly from the tree.

Figs can be eaten dried or fresh. You can also prepare jam or mix them with apricots into pies. You can even bake them for 5 minutes and serve them with cream. A special meal is the "pan coundoun", a real XIX provencal dessert, a real estate would say.

Figs "en croûte"

Use 250 g of flour, salt, 125 g of butter and a glass of water to cook a soft pastry. You will have to mix quite hard and turn it into a ball many times. Let it rest.

Figues en croûte

Take10 mature black figs. Flatten the pastry into a layer 3mm thick and cut it into squares large enough to completely cover the figs. Lay a fig in each square with some brandy and sugar. Close by mixing together the extremities of each square. Glaze the figs with beaten eggs and bake them for 25 to 30 minutes. Best served mid-temperature.

Les châtaignes

"Boire l'allégresse - avec une mie est de Mahomet la félicité - mais sur la montagne - manger des châtaignes - vaut mieux que l'amour sans la liberté."

Les Iles d'Or
Le renégat

Plat des pays plutôt pauvres, comme le laisse entendre F. Mistral, les châtaignes se mangeaient rôties ou bouillies. Rôties en dessert. À partir de châtaignes bouillies, différentes préparations sont possibles. On peut en faire des soupes (les faire bouillir alors avec une feuille de laurier), les servir en accompagnement de viandes ou encore les manger en fin de repas : nature, avec du fromage de Roquefort, ou bien écrasées dans du lait sucré.

Chestnuts

F. Mistral lets us think that roasted or boiled chestnuts are a typical dish of poorers countries. They are eaten roasted only for dessert. You can cook different meals with boiled ones. You can make soups, serve them with meat or eat them at the end of the meal with Roquefort. One good dessert is crushing figs into milk and sugar.

Aïoli

L'aïoli

"Nous autres, bons Provençaux - Au suffrage universel - nous voterons pour l'huile et nous ferons l'aïoli ..... L'aïoli dans son essence concentre la chaleur, la force, la joie du soleil de Provence."

L'Aïoli, 7 janvier 1891.
L'aïoli qu'est-ce que c'est ?

"Allons, tout va bien, pour les pois nous aurons de l'huile et aussi de l'ail, s'il vous plaît, pour l'aïoli."

Les Iles d'Or
Les contes

*"Petite comère, voulez-vous de l'aïoli ?
Ça parfume la bouche et remonte le teint."*

Mireille
Chant X

Parce qu'à la fois symbole et plat au quotidien, l'aïoli, on l'a compris, a une place à part dans l'alimentation des Provençaux.

Pour faire un aïoli, il faudra une à deux gousses d'ail par personne et environ 1/2 litre d'huile pour 4. Ces deux ingrédients doivent être d'excellente qualité. Vous mettrez les gousses d'ail (après en avoir retiré les germes) dans un mortier et les écraserez au pilon. Salez, donnez un tour de moulin à poivre. Ajoutez un jaune d'oeuf. Quand la crème commence à être homogène, vous verserez l'huile en filet de manière constante, tout en continuant de tourner. Tout le monde vous le dira, l'aïoli terminé doit avoir une consistance telle que le pilon pourra tenir seul au milieu du mortier.

De manière traditionnelle on sert l'aïoli avec des pommes de terre, des carottes cuites à l'eau, des oeufs durs, de la morue bouillie. Il va de soi que l'on peut y ajouter autre chose : des haricots verts liés en petits fagots par exemple, des betteraves rouges, des topinambours ainsi que des moules, des bigorneaux, des escargots. L'aïoli peut également accompagner une viande froide. N'oublions pas non plus que l'aïoli entre dans la composition de la bourride.

"L'aïoli"

For 4 persons : 4 garlic cloves and half a litre of olive oil. Both have to be of very high quality.

Clean the garlic cloves and crush them in a mortar with salt and pepper. Add the yolk of an egg and start adding olive oil while gently mixing continuously. You will hear that the aïoli is ready when the rammer can stand up alone in the middle of the mortar." Aïoli" is usually served with potatoes, boiled carrots, hard boiled eggs or cod." Aïoli" can also be served with cold meat and is used to cook another dish from Provence, the "bourride".

Les olives

Peu de gens aujourd'hui mettent des olives en conserve, si ce ne sont les producteurs, ceux qui en connaissent tous les secrets. Alors, au risque de n'étonner pas grand monde, découvrons ces olives au naturel.

Choisissez de petites olives quand elles commencent à rosir, essuyez-les, mettez-les dans un bocal et fermez. C'est tout. On peut les consommer trois mois plus tard. On les présentera en apéritif assaisonnées d'huile, de sel et de poivre.

Olives

Only a few people are used to store olives, except the ones that know all their secrets. So just try to eat them the most common way. Take small olives when they begin to turn slightly pink. Wipe them and put them into a closed bottle. That's all.

You will be able to taste them three months later. They will have to be served with oil, salt and pepper.

Oliviers dans les Alpilles

Fêtes, Ribotes, sans oublier les Félibrées

Feasts, "Ribotes" and "Félibrées"

Lever de lune sur le village des Baux

"En voulez-vous des fêtes ? Ils mettaient les Baux sens dessus dessous."

Calendal
Chant I

Moins rares finalement que l'on peut le penser, parce qu'à celles religieuses (Noël, Pâques), le groupe ajoute les siennes (fêtes patronnales, professionnelles) et les familles intercalent les leurs (baptêmes, mariages) les fêtes, ces moments hors du quotidien, sont synonymes de menus hors du commun.

Ces jours-là, on prend l'apéritif, on sort du vin bouché, les mets se raffinent, on ne refusera pas un verre de liqueur ni des pâtisseries. Pourtant, sorte d'illusion que sont ces plats de fête : les mains qui les ont confectionnés sont les mêmes que celles qui préparent les repas de tous les jours et ce sont les mêmes produits, mais apprêtés différemment, que l'on consomme alors ; certes, il y a un peu plus de viande sur la table...

Pour Frédéric Mistral, la fête ce sont aussi ces repas qu'il fait avec ses amis (Daudet, Mathieu...) lors de sorties en ville à Arles ou à Avignon et ces banquets, sans lesquels une félibrée ne serait pas une félibrée. On rencontre ces plats de fête dans Proses d'Almanach, Mémoires et récits et dans la correspondance de Frédéric Mistral... Seulement l'écho dans l'écriture du cours de la Vie! Et pouvait-il en être autrement!

Dans l'oeuvre de Mistral, Noël est de toutes les fêtes carillonnées celle qui revêt le plus de sens.

Bibliothèque

Le gros souper

"Sur la triple nappe blanche, tour à tour apparaissaient les plats sacramentels : les escargots qu'avec un clou chacun tirait de sa coquille, la morue frite et le muge aux olives, le cardon, le scolyme, le céleri à la poivrade, suivis d'un tas de friandises réservées pour ce jour-là comme fouaces à l'huile, raisins secs, nougat d'amande, pommes de paradis, puis au dessus de tout, le grand pain calendal que l'on n'entamait jamais qu'après en avoir donné religieusement un quart au premier pauvre qui passait."

Mémoires et récits
Mon père

Une sélection de *"plats sacramentels"* pour ce grand moment de l'année en Provence qu'est le gros souper du 24 décembre au soir. Un repas maigre comme on le voit, la viande étant reservée pour le déjeuner du lendemain.

La morue en "raïto"

Un grand classique. La raïto que Mistral définit dans "Le Grand trésor" comme "une sorte de capitolade", se confectionne comme suit :

Faites revenir un bel oignon coupé fin dans de l'huile. Versez de la farine (une cuillère), du vin rouge ou blanc (1/2 litre), un demi-litre d'eau chaude. Faites bouillir. Ajoutez du coulis de tomate (quelques cuillères), trois gousses d'ail écrasées, un bouquet garni, du sel (peu), du poivre. Laissez réduire, la sauce doit devenir épaisse. Pour la morue, une fois dessalée, la couper en morceaux que vous farinez et faites frire. Ceci fait, mettez-les dans la sauce avec deux ou trois cuillerées de câ pres. Laissez encore au feu une dizaine de minutes.

The cod "raïto"

Slice an onion and roast it into some oil. Pour some flour, half a litre of red or white wine and half a litre of hot water. Bring to boil, then add tomato purée, three crushed garlic cloves, a bunch of herbs, salt and pepper. Let the sauce thicken. Take the cod and free it from all the salt. Cut it and plunge the pieces into flour before frying them. Once done, put the pieces into the sauce along with capers. Keep it warm up for 10 minutes.

Le muge aux olives

Le muge ou mulet est un poisson assez peu recherché pour sa chair. On peut cependant le consommer au court-bouillon, frit ou bien accompagné d'une sauce : au vin blanc, aux fines herbes, aux olives. Cette dernière peut aussi être servie avec de la morue dont on préparera alors la chair de la même façon que celle du mulet.

Faites frire des filets de mulet que vous couperez selon la taille du poisson en quatre ou cinq morceaux. Pour la sauce : faites revenir un oignon émincé dans de l'huile. Ajoutez-y une cuillère de farine, 10 centilitres de vin rouge, un anchois écrasé, une gousse d'ail et du persil haché. Salez, poivrez. Laissez cuire une dizaine de minutes. Déposez alors les morceaux de poisson et une poignée d'olives noires dans la sauce. Maintenez encore quelques instants sur le feu avant de servir.

Muge aux olives

Le cardon

On peut manger les cardes crues, avec de l'anchoïade, de la vinaigrette. On peut aussi les mettre au blanc.

Cardes en béchamel

Coupez les côtes de carde en morceaux de 10 centimètres environ. Retirez les fibres et laissez-les tremper une dizaine de minutes dans de l'eau vinaigrée. Faites chauffer de l'eau additonnée d'une cuillerée à soupe de farine. Quand elle bout, y mettre les cardons, les faire cuire trois quart d'heure. Ils doivent devenir tendres. Faites une béchamel. Dans un plat à gratin rangez les cardons égouttés, versez dessus la sauce béchamel, garnissez de fromage de Gruyère râpé et faites gratiner au four.

La fouace à l'huile

Pour la fouace ou fougasse, faites une pâte avec 500 grammes de farine, un cube de levure de boulanger délayé dans de l'eau, un verre d'huile d'olive, 120 grammes de sucre, une pincée de sel. Bien la travailler. L'étendre au rouleau jusqu'à avoir une épaisseur d'un demi-centimètre. Coupez la pâte en deux. Incisez chaque paton de quelques coups de lame de couteau. Recouvrez d'un linge humide et laissez reposez au moins 3 heures. Faites cuire à four chaud.

"La fouace" with oil

Use 500 grammes of flour, a block of delayed yeast, a glass of olive oil, 120 grammes of sugar and some salt to prepare a pastry. You will have to flatten it the way its thickness doesn't exceed half a centimetre. Split the pastry into two parts and incise each part with a knife by giving some stabs. Cover with a wet cloth and let it rest for at least 3 hours. Bake in a very hot oven.

Les pommes du paradis

Il me plaît de voir en ces "pommes du paradis" un peu plus qu'un fruit, alors, au risque de détonner, la recette de ces pommes d'amour ou pommes d'Api, tant pis...

Dans une casserole faites un caramel avec un jus de citron, 300 grammes de sucre. On laisse 7 à 8 minutes à feu doux. Puis en maintenant le caramel au chaud dans un bain marie, on y trempe les pommes lavées et séchées, munies d'un bâtonnet, en tournant rapidement pour enrober le fruit. On laisse les pommes d'Api refroidir posées sur un plat huilé.

Pommes du Paradis

Le pain perdu

"Mon chien, Pain Perdu"

Légende d'une célèbre photo sur laquelle F. Mistral pose avec son chien.. Un chien sans doute échappé du cirque de Buffalo Bill de passage à Arles et que Mistral recueillit.

On rebondit sur un mot, le pain perdu. Accommodé comme suit, on le mangera en entrée. Prenez des tranches de pain rassis, trempez-les rapidement dans du lait d'abord puis dans un saladier où vous aurez battu deux oeufs mélangés à du fromage de Gruyère râpé, du sel (peu) et du poivre. Faites frire.

Le pain perdu (french toasts)

French toast is to be served at the beginning of the meal.

Take slices of old bread. Soak them first into milk then into a pot where you will have melted together 2 eggs, grated Gruyère cheese, salt and pepper. Have it fried.

La fouace à l'anchois

"Dimanche, Calendal fait largesse - trois jours de fête ! Et c'est lui qui paie tout - la matelote, la fouace à l'anchois."

**Calendal
Chant V**

Fouace à l'anchois, pompe à l'anchois, gibassier à l'anchois... À l'anchois quoi...

Faites une sorte de pâte à pain : disposez 500 grammes de farine en puits, ajoutez une cuillerée à soupe de sel, deux cuillerées à soupe d'huile et de l'eau, petit à petit. Pétrissez jusqu'à ce que la pâte devienne lisse et souple. Ajoutez 50 grammes de levure de boulanger. Mettez la pâte en boule dans une terrine, recouvrez d'un torchon mouillé, attendez qu'elle double de volume.

Ceci fait, partagez la pâte en deux. Mettez-en la moitié dans un plat huilé et fariné, creusez-la, garnissez-la d'anchois (une douzaine pour la quantité de pâte indiquée). Avec la seconde moitié, faites au rouleau un couvercle que vous unirez au fond avec les pouces. Incisez-le au couteau comme si vous dessiniez des rayons de soleil. Mettez au four chaud.

La pompe à l'anchois constituait autrefois le premier repas de la journée. Aujourd'hui, on la sert en entrée, où découpée en morceaux, elle peut jouer les amuse-bouche en apéritif.

La blanquette

"Dame, répartit la borgne (c'est l'aubergiste) si vous nous aviez prévenus, nous aurions pu tout de même vous apprêter une blanquette à la mode des gardiens."

Mémoires et récits
La ribote de Trinquetaille

La viande pour la blanquette peut être du veau, de l'agneau ou du chevreau. Les proportions sont les mêmes et la manière de procéder aussi.

Coupez la viande (1,5 kilo pour cinq personnes, épaule et côtes pour le chevreau et l'agneau) en morceaux et mettez-les dans une casserole. Recouvrez d'eau, ajoutez un oignon, 2 à 3 carottes, un bouquet garni, 3 gousses d'ail. Salez, poivrez. Laissez cuire environ 45 minutes.

Retirez la viande (réservez le bouillon), faites-la revenir sans qu'elle roussisse, saupoudrez de farine, rajoutez la moitié du bouillon et laissez encore cuire une demi heure. Liez avec trois jaunes d'oeufs et un jus de citron. Avant de servir, recouvrez légèrement d'ail et de persil hachés.

"La blanquette"

For 5 persons, using either veal, lamb or kid.

Slice 1.5 kilo of meat into a pot. Cover with water, add an onion, 3 carrots, "bouquet garni", 3 garlic cloves, salt and pepper. Let it cook for 45 minutes. Take off the meat but spare the water. Cook the meat not letting it get burned, pour some flour, add half of the spare water and warm it for half an hour. Add the yolk of 3 eggs and some lemon juice. Add garlic and parsley just before eating.

Le salmis de grives

"Et les faisans de l'île Piboulette"

Poème du Rhône
Chant V

"Les perdrix qui sentent le genièvre."

Calendal
Chant I

La meilleure manière de manger du gibier à plume est encore la broche... Bien sûr.

Une façon un peu plus originale est le salmis (abréviation de salmigondis). Cette préparation on l'appliquera surtout aux bécasses, aux alouettes, aux faisans et aux grives...

...Salmis de grives donc.

Il faut deux grives par personne, plus deux pour la sauce. On les plume, les flambe dans un plat avec du marc de Provence pour éliminer jusqu'au plus fin de leur duvet. On les cuit à la broche et on les découpe comme des poulets.

Dans une casserole sur un feu doux, on met les morceaux avec 10 centilitres de vin de Madère. On a réservé deux grives que l'on hache (avec les os, mais sans le bec). Mettez le hachis dans une casserole avec un oignon coupé fin, du laurier (une feuille), du thym, une gousse d'ail et 15 centilitres de vin rouge. Mettez au feu, attendez que la sauce réduise de moitié, ajoutez du coulis de tomate (2 à 3 cuillerées). Gardez une demi-heure à feu doux puis passez la sauce au chinois sur les grives en morceaux. Servez avec des tranches de pain grillées.

Le civet de lapin

"Et les lapins de Châteauneuf-du-Pape
Dont le vin de la Nerthe rehausse la saveur!"

Poème du Rhône
Chant V L'Anglore

"Et brouillez un bon saupiquet"

Poème du Rhône
Chant XI La Remonte

Incontournable, ou presque, le civet de lapin ou de lièvre.

Faire mariner le lapin coupé en morceaux, est-ce indispensable ? Discutable, affaire de goût seulement.

Marinés ou non, mettez les morceaux de lapin à revenir dans une casserole avec deux ou trois cuillerées d'huile et 100 grammes de lard maigre coupé en dés. Ajoutez un oignon haché fin, un peu d'eau. Salez, poivrez, mettez aussi un bouquet garni. Laissez terminer la cuisson. Quelques minutes avant de servir, mélangez deux cuillerées de farine à de l'eau et à du sang, versez le tout sur les morceaux de lapin. Le civet est prêt. Il peut mijoter, mais plus bouillir.

Rabbit'stew

Pickle the rabbit -I think it might be marinaded if not it is pickled.

Marinade or not, brown the cut up pieces of rabbit or hare in a frying pan in 2 or 3 tablespoons of oil and 100 g of streaky bacon (cut up small) : add an onion, minced finely and a drop of water to the mixture. Add salt, pepper and "bouquet garni". A few minutes before serving mix 2 tablespoons of flour with a little water and some blood. Pour over the rabbit. The stew is ready. Let it simmer gently, never let it boil.

Tourte aux écrevisses, cuisses de grenouilles

"Le jour convenu, une petite salle nous avait été réservée pour la circonstance, gentiment décorée de fleurs, de plantes vertes ce qui nous donnait un avant-goût de la suite. Avant le lever du rideau, un fin apéritif (une véritable brise des Alpes) ouvrit la marche (ou plutôt la descente de gosier), précédant la mise en scène des hors-d'oeuvre, véritable méli-mélo de bonnes choses (produits de la Provence) où le saucisson d'Arles présidait en maître ; puis venait une tourte aux écrevisses, aussi parfaite qu'une Santo Estello, suivie d'une montagnette de cuisses de grenouilles de Maillane, frites à l'huile vierge, entourées de cèpes à têtes noires rissolés et de gousses d'ail cuites sous la cendre, le tout recouvert d'une forte persillade."

Correspondance de F. Mistral

La tourte aux écrevisses

Préparez une pâte avec 500 grammes de farine, 250 grammes de beurre, 10 centilitres d'eau, 3 jaunes d'oeufs et une pincée de sel. Séparez la pâte en deux. Préparez les écrevisses à la provençale : faites revenir un oignon et deux carottes finement coupés puis ajoutez, pour 5 personnes, 2 kilos d'écrevisses que vous aurez au préalable châtrées. Montez le feu. Flambez avec du Cognac. Mettez du vin blanc -un bon verre- du coulis de tomate (20 à 25 centilitres), un bouquet garni, salez, poivrez. Laissez cuire dix minutes et ajoutez de l'ail et du persil hachés.

Étendez la moitié de la pâte au rouleau, garnissez-en une terrine beurrée et farinée, versez dedans les écrevisses et leur sauce. Recouvrez le tout du

Civet de lapin

restant de la pâte. vous ménagerez dans ce couvercle une cheminée. Dorez au jaune d'oeuf. Faites cuire au four trente à quarante minutes.

Cuisses de grenouille en beignets

Comptez une douzaine de cuisses par personne. Préparez une marinade avec de l'huile, un jus de citron, du persil haché, du sel, du poivre. Mettez les cuisses de grenouille à mariner une heure. Préparez une pâte à frire légère. Pour 100 grammes de farine, mettez un oeuf entier, un peu d'ail pilé, de l'huile, du sel, du poivre. Mélangez. Ajoutez 15 centilitres de crème, un verre de bière. Montez en neige un blanc d'oeuf que vous incorporerez à la pâte.

Laissez reposer une heure. Au moment de cuire, sortez les cuisses de grenouille de la marinade, essuyez-les, trempez-les une à une dans la pâte et faites-les frire. Il faut qu'elles soient croustillantes. On sert immédiatement.

Battered frog's legs

Count about twelwe frog's legs per person.

Prepare a marinade with olive oil, the juice of one lemon, chopped parsley, salt and pepper.

Add the frog'legs and leave for an hour.

Make a light batter. Mix in about 100 g of flour with one whole egg, a pinch of minced garlic, some oil, salt and pepper. Add 15 centilitres of cream and a glass of beer. Beat up an egg white stiffly and add to the batter mix which must be left to rest for about an hour.

When frying, remove the frog's legs from the marinade, wipe them, in small batches, they must be crispy.

Serve immediately.

Ce plat que l'on pourrait croire venu d'autres latitudes est pourtant typique de Maillane et tellement typique que les habitants des villages alentour avaient surnommé les Maillanais, les "*mangeurs de grenouilles*".

Église de Maillane

Desserts frits
Fried desserts

Les oreillettes

"L'huile rit dans la poêle
En disant : demain baptême
Vive l'année où il y a du croit
Les oreillettes crépitent pour la fête du filleul
Avec des oeufs. Voyez quelle fine pâte
Qui en goûte ?
S'affriole la marraine
Délace
Les goussets de son corsage ;
Le parrain, lui, qui régale
Demi-ivre,
Jase comme une pie borgne
Et fait rire l'accouchée : Eh ! Toi qui porte mon nom
Champignon, que Dieu te croisse !
Mais beau comme tu es, qui dirait que tu sors
Des braies d'un manant, mignon ?"

La Chantepleure du logis
Janvier 1866

Pour les baptêmes effectivement, on faisait, jusque dans les années 50, des corbeilles entières d'oreillettes. On n'en mange plus aujourd'hui que dans certaines familles au moment du Nouvel An ou du Carnaval.

"Oreillettes"

At Baptisms, until the fifties baskets of "oreillettes"were made. Nowadays they are only eaten, by some families, on New Year's Day or at Carnival time.

Pour 500 grammes de farine creusée en puits, mettez 4 jaunes d'oeufs, 150 grammes de sucre, un peu d'eau de fleur d'oranger (ou un zeste de citron) et un verre d'eau. Travaillez la pâte. Quand elle est bien lisse, laissez-la reposer deux heures. Étendez-la ensuite au rouleau, plus la pâte est fine, mieux les oreillettes seront réussies. Ceci fait, on en découpe à la roulette des losanges que l'on plonge dans une friture bien chaude. Quelques secondes suffisent à la cuisson. Les retirer, les mettre à égoutter, saupoudrez avec du sucre.

Into a bowl put 500g of flour. Make a well in the centre, into which you add 4 egg yolks, 150g of sugar, a drop of orange flower essence or lemon zest and a glass of water. Mix well until the pastry is smooth then leave it to stand for two hours.
Roll out the pastry very thinly, the oreillettes will be more sucessful. With a small whell or cutter, cut the diamond-shapes out. Fry them in very hot oil, for a few seconds. Carefully lift out and drain and sprinkle them with sugar.

Oreillettes

Desserts secs
Dry desserts

Les pognes

"Et arrondies en tourtes, les savoureuses pognes pétries au beurre avec des oeufs."

Calendal
Chant I

La pogne est une sorte de brioche que l'on peut à l'aide d'une décoration de sucre et de fruits confits déguiser en gâteau des rois.

Pognes

A pogne is a sort of bun which can be decorated with crystallized fruits disguised as an Epiphany cake.

Dans un saladier versez 1/2 kg de farine, 3 oeufs entiers, 50 grammes de sucre, un cube de levure de boulanger délayé dans de l'eau, un peu de sel, 250 grammes de beurre coupé en morceaux, 10 centilitres de lait, un verre à liqueur d'eau de fleur d'oranger. Pétrissez le tout. En faire ensuite une couronne que vous laisserez lever au moins trois heures sous un linge humide.

Enfournez et faites cuire à four doux.

"Pognes"

Into a large bowl pour 500 g of flour, three whole eggs, 50 grammes of sugar, a cube of yeast, dissolved in water, a pinch of salt, 250 grammes of butter cut into small pieces, 10 centilitres of milk and a glass of orange-flower water. Beat until well blended. Next shape the mixture into a circle and leave to rise for about three hours covered with a damp cloth.

Bake in the low oven.

Les brassadeaux

"Et les tortillades que parfume l'anis, du pétrin au four, allaient sans relâche".

Calendal
Chant I

"Les colliers à leur chaperon ont tous une tortillade et un fanion en papier à l'image de Saint-Eloi."

Mémoires et réçits
La fête de Saint-Éloi

La pâte pour confectionner les tortillades ou brassadeaux est la même que celle des pognes, à ceci près, que l'on n'y met pas de lait. Une fois pétrie, découpez-la en 4 ou 5 et donnez à ces morceaux une forme de couronne. On les fera lever 3 heures sous un linge humide. Ensuite, on les cuira dans une marmite d'eau bouillante. Ils sont à point quand ils remontent à la surface. On les égoutte sur une grille, on les badigeonne au pinceau d'un jaune d'oeuf et on les passe quelques minutes au four.

"Les brassadeaux"

The dough to make "tortillades" or "brassadeaux" is the same as for the dough used to make the buns, or almost, because there is no need to add milk. Once kneaded cut the dough into four or five and give each the shape of a circle.

Leave to rise three hours under a damp towel. Then drop them into a large cooking pot of boiling water. They are ready when they rise up to the surface. Dry them out under a grill, or brush with a little beaten egg and leave a few minutes in the oven.

Les vins et les liqueurs
Wines and liqueurs

Les vins
Wines

"Quelques coins de vignes qui produisent du reste un cru de renom : le vin de Frigolet."

Mémoires et récits
Saint-Michel de Frigolet

"L'abbé Talon ne manquait pas de nous emmener tous les ans à la procession des bouteilles. Une fois dans la chapelle, le curé de Boulbon se tournait vers son peuple et disait : mes frères débouchez les bouteilles et qu'on fasse silence pour la bénédiction du vin... Puis ayant dit amen, nous faisions un signe de croix et tirions une gorgée."

Mémoires et récits
La procession de Boulbon

"Le bon muscat de Baume et le Férigoulet - alors se boivent à la régalade."

Mireille
Chant III

"Et du grand vase - le vin coulait rouge et limpide aux âpres gosiers de faucilleurs."

Mireille
Chant VII

"Car notre vin, vous n'êtes pas sans avoir de cela connaissance - tellement est fameux que Marseille lorsqu'elle veut - Faire un présent au roi, demande aux Cassidiens ce qu'elle lui envoie - notre muscat diaphane boisson."

Calendal
Chant III

"Nous savourons le vin de La Margue."

Calendal
Chant XII

"Vin blanc de pays..."

Le Poème du Rhône
Chant I : patron Apian

"Ce bon vin du Rhône"

Le Poème du Rhône
Chant III : la descente du Rhône

"À eux, le vin exquis de l'Ermitage.
Et le vin chaud de la côte rôtie."

Le Poème du Rhône
Chant V : L'Anglore

"Dont le vin de La Nerthe rehausse la saveur."

Le Poème du Rhône
Chant V : L'Anglore

"Lui ont donné un sac de pain et un tonneau de vieux Cante-Perdrix."

Le Poème du Rhône
Chant X : la foire de Beaucaire

"Le vin de la côte du Rhône
Est une assez brave liqueur

Salle à manger

Pourvu qu'on ne l'arrose point
Avec l'eau sale du gouffre."

Le Poème du Rhône
Chant X, la Remonte

"Je bénis Dieu immortel,
La porte toujours ouverte
Pour les félibres. J'aime la maison
Où la table à la nappe mise
De Cassis le vin argenté."

F. Mistral. Correspondance

On trouve dans l'oeuvre de Mistral à quelque chose près, toutes les nuances de la large palette des vins qu'offrent les terroirs vinicoles de Provence. Les Côtes du Rhône sont largement représentées (Le Poème du Rhône, Mémoires et récits) y compris dans leur dimension symbolique, -rappelons que c'est du Châteauneuf-du-Pape que l'on boit dans *La Coupo Santo.*

Mistral n'oublie cependant pas les vins élevés sur la côte de la Méditerranée, "vins sous influence maritime" comme celui de La Malgue, issu de plants que l'on trouvait sur les coteaux de La Malgue à Toulon et surtout le vin de Cassis, la patrie de Calendal. Un vin de longue tradition, célèbre surtout pour ses blancs, fruités et onctueux, que défendit en même temps que la langue provençale le vigneron et ami de Mistral, Émile Bodin.

One can find in Mistral's recipes the complete panel of the broad variety of wines Provence can offer. "Côtes du Rhône" are well represented, including in a symbolical way. Let us say that the wine you drink in "La Coupo Santo" is "Châteauneuf du Pape".

Mistral, however, does not forget the wines raised on the mediterranean coast (like "La Malgue") from plants one can find on the hills of La Malgue. The most famous is the wine from Cassis, homeland of Calendal. A very old wine, famous for its taste, that Emile Bodin defended.

Le vin cuit
Liqueur (cooked) wine

"Et jusqu'au coup de minuit
En avant le vin cuit et la noce."

Nerte
Chant V, la Nonne

On trouve du vin cuit dans certaines caves au moment de Noël, il figure sur la table calendale, mais il était aussi, semble-t-il, consommé en d'autres occasions dans l'année, puisque mis en bouteille, il peut se conserver quelques mois.

On peut essayer d'en faire soi-même. La première opération consiste à obtenir du moût de raisin. Il en faudra au moins 6 litres. On les obtiendra en pressant du raisin noir ou blanc et en laissant le jus reposer 24 heures. Le lendemain, on mettra le jus dans une bassine à confiture. On mettra au feu, on fera bouillir en écumant.

Il faut que le moût réduise de plus de la moitié. On transvasera dans un autre récipient et on fera refroidir le vin cuit en le battant avec une cuillère de bois.

You can find cooked wine in some cellars around Christmas Time, it appears on the "table calendale", but one can drink it several times a year for special events, because it is bottled and can be saved for several months. One can try to do it oneself.

The first step is to find a moût of grapes -there must 6 litres. It is obtained by pressing black or white grapes and leaving the juice to rest for 24 hours. The next day put the juice in a conserving pan, and heat it on the stove until it start foaming.

Keep bubbling until the mixture is reduced by half. Pour into another container and let it cool, beating it with a wooden spoon.

Les liqueurs
Liqueurs

"Petites, les vins vieux, les sorbets, les liqueurs."

Calendal
Chant XI

Peu de références aux liqueurs dans l'oeuvre de Frédéric Mistral, comme un écho, sans doute au peu de goût qu'avait l'homme -bien qu'il appréciait un verre de Bénédictine à la fin d'un bon repas nous disent ses biographes- pour les alcools forts.

Cependant...

L'agriotat

"Laisse humecter ta bouche - dit Maître Ramon, avec un peu d'agriotat."

Mireille
Chant VI

"Nous croquâmes une cerise à l'eau de vie."

Mémoires et récits

L'agriotat est une liqueur de cerise.

Prendre des cerises bien mûres, en faire un litre de jus. Écrasez quelques noyaux, mettez le tout dans 1 litre d'eau de vie, ajoutez 1 kilo de sucre. Il faut laisser infuser au moins quinze jours, après quoi passer la liqueur.

On peut également conserver des fruits à l'eau de vie, principalement des cerises et des raisins (des panses). Dans un cas comme dans l'autre il faut choisir des fruits sains, ni trop mûrs, ni trop verts. On ne les lave pas, on les essuie simplement et tout aussi simplement on les met dans un bocal que l'on remplit d'eau de vie. On laisse macérer deux mois avant de consommer les fruits et la liqueur. Les cerises et les raisins à l'eau de vie peuvent se conserver deux ans.

"L'agriotat"

L'agriotat is cherry brandy.

Take some very ripe cherries and turn them into one litre of juice. Crush some of the stones and add into 1 litre of brandy adding 1 kilo of sugar. Leave to infuse at least 15 days, then strain the liqueur.

One can also conserve other fruits in brandy, mainly cherries and grapes.

Cherry and grape brandy can be conserved up to two years.

La liqueur des fenêtres

"Et du flacon garni de sparterie - la liqueur qui réchauffe - dans la tasse tour à tour coula comme un fil d'or - j'ai fait moi-même cet elixir - dit Mireille : il s'élabore quarante jours sur la fenêttre afin que le soleil en adoucisse l'âcreté."

Mireille
Chant III

Le Pont d'Avignon

The window liqueur

"In a small, stoppered bottle decorated with a straw holder -a reheated liqueur- as the liquid falls like strands of gold. I have, myself, made this elixir, said Mireille : it develops for forty days on the window-sill, so that the sun can sweeten it."

Sous le terme "*liqueurs des fenêtres*", on peut mettre à peu près ce que l'on veut comme liqueur, par exemple celle-ci que l'on appelle la liqueur de Saint-Jean.

Le jour de la Saint Jean d'été, cueillez deux feuilles de noyer, deux noix que vous écraserez, quelques feuilles de citronnelle, de menthe, de tilleul, de verveine. Faites macérer plantes et fruits sur le bord de la fenêtre dans un demi-litre d'eau de vie jusqu'à la mi-août (40 jours). Passez alors le liquide, vous y ajouterez 1 litre d'eau de vie, 25 centilitres d'eau et 25 morceaux de sucre. La liqueur de Saint Jean est prête.

Any liqueur may be called "window liqueur", for example the Saint-Jean liqueur.

On Saint John's feast day, in summer, collect two walnut leaves, two crushed nuts, some lemon-tree leaves, some mint, some lime and verbena. Macerate the plants and fruits in half a litre of brandy, on the window-sill, until mid-August, or about 40 days. Strain the liquid and add 1 litre of brandy, 25 centilitres of water and 25 sugar cubes. Saint John's liqueur is ready.

Le ratafia

" Puis ça nous réveillera
Un verre de ratafia."

Mémoires et récits
Le voyage aux Saintes Maries

Cette liqueur de ménage, dont la signification en créole est "à votre santé", peut s'obtenir de différentes manières. J'ai retenu l'un des ratafias le plus courant: celui aux fruits rouges.

Ratafia aux fruits rouges

Écrasez des groseilles, des framboises, des mûres et des cerises de façon à avoir 2 litres de jus auxquels vous mélangerez 2 litres d'eau de vie à 45 degrés et 250 grammes de sucre. Laissez reposer 30 jours. Filtrez, mettez en bouteilles.

Des mots pour des Mets d'un Ailleurs proche

Words for Neighbouring Dishes

"Il se peut que j'aille à Marseille le 26 et que je parte de là pour La Ciotat, Cassis, Céreste... Pour cueillir un paysage."

Lettre de F. Mistral à Legré
Mai 1891

Auteur sédentaire par excellence, Frédéric Mistral durant sa vie ne s'est offert que peu d'escapades hors de Maillane, son village, où il lui arrivait pourtant de s'ennuyer. Paris, Dijon, les Alpes, l'Italie, l'Espagne ont été les plus lointains de ses voyages. En Provence, dans un ailleurs proche, s'il se déplace, c'est pour engranger des informations, "cueillir un paysage", que l'on retrouvera par la suite dans ses poèmes.

Ce fut le cas pour Calendal, cette épopée d'un héros natif de Cassis. Si Frédéric Mistral s'aventura à l'intérieur des terres d'une Provence orientale qu'il ne connaît pas, il en parcourt surtout les côtes. Autres lieux, autre cuisine, les produits de la mer entrent dans ses ouvragres. Ainsi la cuisine du poisson frais embaume les pages de Calendal, des Iles d'Or, et quelques-unes aussi de Proses d'Almanach et du Grand Trésor du Félibrige.

An unsurpassed sedentary author, Mistral did not go far away from Maillane, his village, but he was bored. Paris, Dijon, Alps, Italy, Spain have been his far-flung excursions.

In Provence, when he did travel, it was simply to find more information "to pick a landscape" which he recreated in his poems.

This was the case for Calendal, an epic poem of heroes born in Cassis. If Frederic Mistral around Eastern Provence which he does not know well, he tends to stay along the coastline. Other places, other cuisine and seafood feature in his works. Therefore the cuisine of fresh fish fills the pages of Calendal, des Iles d'Or and some, also of Proses d'Almanach and of Grand Trésor du Félibrige.

Maison de la mère de F. Mistral

Les clovisses
Clams

"Beau pêcheur, vos clovisses ?"

Calendal
Chant III

Eh bien farcies! Et pourquoi pas ?

Faites ouvrir les clovisses (on en prendra 2 kilos pour 4 personnes) dans une casserole où vous aurez mis 10 centilitres de vin blanc, une échalote finement coupée et un bouquet de persil. Gardez le bouillon tamisé, sortez les clovisses de leur coquille. Pour la farce, faites revenir dans une casserole un oignon, une à deux tomates écrasées, 100 grammes de champignons de Paris hachés avec un peu de mie de pain qui aura trempé dans de l'eau et du persil. Ajoutez quelques centilitres de bouillon de la cuisson des clovisses. Laissez au feu cinq minutes. Dans un plat, disposez les demi-coquilles de clovisses, garnissez-les de leur chair et d'une cuillerée ou deux de farce. Recouvrez de chapelure et arrosez d'un filet d'huile. Mettez au four entre 5 et 10 minutes.

La poutargue

"Le muge, bétail marin, trésor des Martégaux - qui traient les oeufs dont il est plein et les confisent en caviar - et dans les fêtes et les jours de joute s'en régalent."

Calendal
Chant I

"La poutargue"

"Martigues poutargue are its famous mullet eggs which are extracted and not to be mistaken for caviar -and during feast days and holidays are eaten with real gusto.

Les oeufs de muge dont il est question ici, c'est la fameuse poutargue de Martigues.

Les oeufs de mulet sont salés, pressés et séchés en une sorte de pain et ne se consomment pas du tout comme du caviar. Il convient mieux aujourd'-hui de savoir manger la poutargue que de savoir la faire. On en trouve d'excellente dans le commerce. Comme tous les mets d'exception on la mangera le plus simplement possible : découpée en tranches fines sur du pain grillé ou non, beurré ou non avec quelques gouttes de citron ou non.

The mullet eggs are salted, pressed and dried to make a sort of bread, not like the usual way, with caviar. Nowadays it is better to know how to eat it than to prepare it. They are widely available commercially.

Like all exceptional dishes, they are eaten as simply as possible : sliced thinly on toast, buttered or not with slices of lemon to taste.

La langouste

"Par ici, la langouste piétine."

Calendal
Chant III

De toutes les recettes concernant la langouste : à la provençale, à l'aïoli, en gratin, grillée, au court-bouillon, on retiendra celle dite à l'armoricaine et pas seulement parce que les Marseillais assurent qu'elle est dérivée de celle que les grands-parents de leurs grands-parents faisaient déjà... Mais surtout parce que pour les Provencaux de l'intérieur des terres, la langouste constitue un des plats les plus exotiques qui soit.

Langouste à l'armoricaine

Prenez 1/2 langouste de Méditerranée par personne. Mettez-les dans une cocotte avec de l'huile d'olive. Attendez qu'elles soient devenues bien rouges et les flamber au Cognac.

Ajoutez-leur ensuite 150 grammes de jambon haché très fin, une carotte hachée finement elle aussi, deux tomates écrasées par langouste, 10 centilitres de vin blanc, quelques feuilles de laurier, du fenouil. Salez, poivrez, n'oubliez pas le safran. Il faut que la sauce soit assez relevée, à cette fin on peut y incorporer une pointe de couteau de poivre de Cayenne. Laissez cuire encore 45 minutes. On sert avec du riz blanc.

Crawfishes

All the recipes using crawfishes, "à la provençale, à l'aïoli, en gratin, grillée, au court-bouillon" (all with special additional flavours typical of the region) we keep in our hearts and food memory but we will go on only with "l'armoricaine", not only because the Marseillaise people are convinced that it came from their parents who got it from their grand parents, but above all because for the typical native of Provence living inland, the crawfish becomes one of the most exotic dishes there is.

Crawfish in armorican sauce

Take half a Mediterranean crawfish per person.

Place into a saucepan with olive oil. When they are red, flame them with cognac. Add 150 grammes of minced ham, one chopped carrot and 2 crushed tomatoes per crawfish, 10 centilitres of white wine, some bay leaves, some fennel. Salt, pepper and don't forget the saffron. The sauce must be highly spiced, then incorporate a pinch of Cayenne pepper.

Cook gently for about 45 minutes. Serve with white rice.

Les calmars farcis

Frédéric Mistral dans "*Le Grand trésor du Félibrige*" accroche cette locution : "*farci comme un calmar*", une expression qui, lorsqu'elle s'adresse à une personne, n'est pas forcément flatteuse.

Stuffed calamaries

Frédéric Mistral in "Le grand Trésor du Félibrige" comments "farci comme un calmar" ; an expression when addressed to one person, is not very flattering.

Farcissons des calmars, tout de même, au sens culinaire du terme.

Demandez à votre poissonnier de vous préparer des calmars. Il leur ôtera la tête, les viscères, le noir et l'os. Il leur coupera aussi les tentacules et vous présentera donc des sortes de poches, des cornets (d'où encornet ...) prêts à recevoir la farce.

On peut les farcir d'abord avec une préparation à base d'épinards. C'est bien de celle-ci dont parle Mistral :

Calmars farcis aux épinards

Faites revenir un oignon haché dans une cocotte, ajoutez 10 centilitres de vin blanc, 10 centilitres d'eau, un bouquet garni et les tentacules que vous aurez hachés. Salez, poivrez. Le temps de la cuisson est d'environ 20 minutes. D'autre part, faites revenir 750 grammes de vert d'épinards blanchis. Hachez-les et mélangez-les sur le feu à la préparation précédente en ajoutant une tranche de pain que vous aurez fait tremper dans du lait, 2 gousses d'ail, trois jaunes d'oeufs battus. Bien mélanger le tout. Farcissez les calmars avec cette sauce. Cousez. Mettez-les à cuire dans une cocotte avec 2 ou 3 cuillerées d'huile d'olive, à feu moyen, une heure durant en les surveillant.

Stuffing the calamares all the same, is actually a culinary term.

Ask your fishmonger to prepare the calamares for you. Retain the tentacles whiche you may use later in your dish.

Stuffed calamaries with spinach

They can be stuffed with a spinach filling. They are good this way says Mistral :

Brown one minced onion in a cooking pot, add 10 centilitres of white wine, 10 centilitres of water, bouquet garni and the tentacles which you've chopped up finely. Season with salt and pepper, leave to cook for about 20 minutes. Meanwhile blanche 160 grammes of green spinach. Mince the mixture and add to the other pan, still on the heat adding a slice of bread you have soaked, previously, in milk, 2 cloves of garlic, and three beaten egg yolks. Blend the mixture altogether carefully. Stuff the calamares with it. Serv up the edges. Place in a dish with 2-3 spoonfuls of olive oil and cook on a medium heat for one hour.

On peut les farcir aussi, je dirais, de manière plus classique :

Calmars farcis au jambon

Hachez un oignon que vous ferez revenir et auquel vous ajouterez les tentacules hachés, la valeur de 3 tomates coupées fin, 100 grammes de chair à saucisse, 100 grammes de fond de jambon et de lard maigre hachés. Salez, poivrez.

Quand le tout est bien revenu, ajoutez une tranche de pain que vous aurez au préalable fait tremper dans du lait mélangé à 2 gousses d'ail écrasées et du persil. Bien mélanger le tout. Vous pouvez à présent farcir les calmars.

Ne les garnissez pas entièrement de peur qu'ils se déchirent à la cuisson. Cousez. Disposez-les au fond d'une cocotte dans laquelle vous aurez versé deux à trois cuillerées d'huile. Laissez cuire une bonne heure.

Pendant ce temps préparez une sauce comme suit : faites revenir un oignon émincé, ajoutez une gousse d'ail, un bouquet garni, une cuillerée de farine pour lier, 10 centilitres de vin blanc, 10 centilitres d'eau. Salez, poivrez. Laissez cuire un quart d'heure. Versez la sauce, débarrassée du bouquet garni, sur les calmars. On laisse mijoter quelques minutes avant de servir.

Stuffed calamares with ham

We can also stuff them, I will say, in a more classical way :

Mince an onion which you have sauteed and to

which you have added the chopped tentacles, the flesh of 3 tomatoes cut finely, 100 g of minced sausage, 100 g of ham back and some chopped lard. Season with salt and pepper. When it is all mixed, add a slice of bread previously soaked in milk mixed with 2 cloves of garlic, crushed and some parsley. Mix together well.

Stuffing the calamaries. Do not fill up the sack too tightly. Place stuffed calamari at the bottom up a dish previously covered with 2 or 3 tablespoons of oil. Cook for about an hour. During this time prepare a sauce as follows.

Brown a minced onion, add a clove of garlic, "bouquet garni", a tablespoon of flour, 10 centilitres of white wine, 10 centilitres of water. Season with salt and pepper. Leave to simmer for 15 minutes. Strain the sauce, after removing the bouquet garni over the calamaries. Leave to simmer a few minutes before serving.

Salle à manger

Les girelles

"Entre les rochers roux et blancs - qui forment un cercle en demi-lune - le front en plein midi et les pieds dans la mer - ainsi qu'une brune baigneuse - qui se récrée à pêcher des girelles."

Calendal
Chant III

"Les girelles"
"Between the red and white rocks -that form a semicircle- facing south with their feet in the sea- like a tanned bather, the girelles are most popular with the fishermen."

Si vous ne les mettez pas dans la soupe de poissons, faites-les griller, les girelles, et mangez-les arrosées d'une petite sauce à l'huile et au citron (2/3 , 1/3). Comptez-en 5 à 6 par convive.

If they are not to be added to fish soup, place under a grill and eat them sprinkled or sprayed with a dressing of oil and lemon juice(2/3, 1/3). You will need 4 or 5 girelles per person.

Le turbot

"Alors, ça et là rôdent les gros poulpes - aux bras nombreux, à la tête énorme, à la couleur sulfureuse - la scie et le marteau et la baliste et le turbot."

Calendal
Chant III

Plat délicat, raffiné, le turbot à la crème (on se servira du beurre, tant pis!)

Le turbot à la crème

Prenez un turbot d'environ 1,5 kilo pour 4 personnes. Otez-lui la peau, coupez-le en morceaux et faites-le cuire une bonne quinzaine de minutes dans 2 litres de court-bouillon (sel, poivre, oignon, thym, carottes). Pour la sauce, on a le choix, celle-ci, dite hollandaise, convient très bien au turbot : dans une casserole mettez 3 jaunes d'oeuf, 2 à 3 cuillères à soupe de vinaigre blanc, poivrez, salez. Mélangez bien le tout, puis mettez la casserole dans un bain-marie, ajoutez en tournant 250 grammes de beurre en morceaux et le jus d'un citron. La sauce doit être assez consistante et surtout servie rapidement.

A refined and delicate dish -turbot with cream (it is just not right to serve it with butter).

"Le turbot à la crème"

You will need a turbot of about 1.5 kilo for 4 people. Peel off the skin, cut up into pieces. Cook in 2 litres of water with a court-bouillon for 15 minutes (salt, pepper, onion, thyme, carrots). For the sauce we are making a hollandaise which goes well with turbot. In a saucepan tip 3 egg yolks, 2 to 3 soup spoons of white vinegar, pepper and salt. Blend well, then place saucepan in a pan of hot water (Bain Marie). Add 250 g of butter, cut up into small pieces and the juice of one

lemon to the mixture. The sauce must be fairly thick and above all served rapidly on the side of the turbot.

Le thon
Tunnyfish

"Une innombrable compagnie - de thons ! Ils venaient, encombrant (la mer) - en triangle, par ordre agglomérés ainsi que les écailles d'une pomme de pin, fendant - l'azur liquide d'un élan simultané."

Calendal
Chant V

Il existe différentes manières d'accommoder le thon, plus ou moins sophistiquées. Parmi les plus simples, c'est à dire celles que l'on peut réaliser au quotidien, deux :

Le thon sur le gril

Le gril, un mode de cuisson qui a l'avantage de débarrasser le thon de sa graisse. Aucune difficulté particulière pour réaliser ce plat.

Le thon en sauce piquante

Sans doute la façon la plus répandue de consommer ce poisson "fin XIXe, début XXe".

Prenez une belle tranche de thon pour deux personnes. Faites-la dégorger dans de l'eau vinaigrée. Faites-la frire.

Dans une casserole faites revenir un oignon haché fin. Ensuite, versez dans votre casserole 10 centilitres de vinaigre de vin, laissez réduire. Ajoutez deux cuillerées de coulis de tomate, une gousse d'ail, un bouquet garni. Liez avec un peu de farine. salez, poivrez. Le temps de cuisson est d'environ 20 minutes.

Ajoutez une poignée de câpres, quelques cornichons coupés en rondelles si vous le désirez. Déposez les tranches de thon dans la sauce et laissez mijoter encore quelques minutes.

La bouillabaisse

" O bouillabaisse ! Quelles tranches! Le poisson de Saint Pierre a mordu à l'appât .... Car nous pêcheurs, nous sommes les amis de Dieu."

Calendal
Chant III

"La bouillabaisse marseillaise, docteur est un manger exquis - Si jamais je suis au dégoût - je veux que vous me l'ordonniez - rien n'est fin comme la marée - qu'un jour d'été nous dévorâmes - à la réserve l'onde fraîche mouvait à peine son tablier- vous en souvient-il ? Les bonnes tranches! Docteur, c'est un mets de Dieu."

Les Iles d' Or
Au docteur Dugas

Un des plats préférés de Mistral, croit-on savoir, la bouillabaisse est facile à réaliser, mais sa réussite dépend entièrement de la qualité du poisson.

Pour 5 personnes, il faudra un peu plus de 2 kg de poisson de roche (du grondin, du congre, du Saint Pierre, de la girelle, du chapon, de la rascasse, de la vive) que l'on écaillera et videra.

Dans une marmite faites roussir 2 oignons, 2 blancs de poireaux coupés fins, ajoutez 4 gousses d'ail, 3 tomates écrasées, un bouquet garni, du fenouil ou un verre à liqueur de pastis. Ensuite, mouillez avec 2 litres d'eau et jetez dedans les pommes de terre coupées en tranches d'un demi centimètre d'épaisseur (cette précision a son importance, les pommes de terre vous serviront à savoir quand votre bouillabaisse sera cuite).

Laissez cuire une vingtaine de minutes. Mettez alors les poissons, d'abord ceux à chair ferme, comme le congre, puis dix minutes plus tard ceux à chair plus tendre. Ajoutez du safran. Conservez à feu vif tant que les pommes de terre ne sont pas cuites.

On sert le bouillon sur des tranches de pain que les puristes ne grillent ni ne rôtissent mais que, sans craindre les feux de l'enfer ou la foudre du ciel on peut griller, frotter d'ail et napper de rouille et de fromage de Gruyère.

Le poisson et les pommes de terre seront consommés en même temps que le bouillon ou après avec de la rouille, une sauce que l'on montera comme de l'aïoli et à laquelle on ajoutera deux piments forts écrasés et du safran pour la couleur.

"Bouillabaisse"

This is one of Mistral's favourite dish, or believed to be, bouillabaisse is easy to make but the result depends entirely on the quality of the fish.

For 5 people you will need a little more than 2 kilo of rock fish (gurnard, conger, girelle of St Peter, scorpion and stingfish), all cleaned and scaled. In a large cooking pot brown 2 onions and the whites of 2 leeks chopped up finely. Add 4 cloves of garlic, 3 crushed tomatoes, "bouquet garni", some fennel or a glass of pastis.

Then moisten with 2 litres of water and throw in some sliced potatto. The slices must be half a centimetre thick (this is important, the potatoes will indicate when your soup is cooked).

Let it bubble for 20 minutes. Then add the fish with the firm flesh and 10 minutes later throse with the tender flesh. Add some saffran. Cook briskly until the potatoes are cooked.

Pour the fish stock on top of some slices of bread which the purists have neither grilled nor have they roasted while some believe it better to toast the bread lightly, rub with garlic and cover with rouille and Gruyere cheese.

Eat the fish, potatoes and soup at the same time or later with the rouille sauce, similar to l'aïoli to which has been added 2 strong peppers crushed finely and some saffran for colour.

Il y a de nombreuses variantes à la bouillabaisse. On peut par exemple rajouter au poisson cité ci-dessus de la langouste, on peut encore faire cuire l'ensemble de la bouillabaisse (poissons, pommes de terre) dans un fond de soupe de poissons (on aura alors une bouillabaisse riche).

There are many varieties of bouillabaisse. If one adds fish and potatoes to a base stock of fish shop it will produce a very rich bouillabaisse.

Il y a aussi la bouillabaisse de Martigues ou bouillabaisse noire, car les Martégaux y ajoutaient de petites seiches auxquelles ils n'ôtaient pas leur poche d'encre.

Port du Niel

Les anguilles
Eels

Le "*catigot*"

"En moins d'une demi-heure, on aurait enflammé sur nos joues une allumette. Puis arriva le catigot où le bâton d'un pâtre se serait tenu droit - salé comme la mer, poivré comme diable."

Mémoires et récits
La ribote de Trinquetaille

"Vive la noce et la bombance!
Crient les bons garnements
Ohé ! l'hôtesse ! vous allez nous servir
Un court bouillon du Vaccarès."

Nerte
La nonne, Chant V

Le court bouillon en français, traduit le mot *catigot* qui est employé en provençal.

Émincez un oignon que vous ferez revenir dans une casserole. Ajoutez de la farine (une cuillerée), 1/2 litre de vin rouge. Salez, poivrez, en ce domaine, si l'on en croit Frédéric Mistral il ne faut pas avoir la main légère... Il faut aussi pour compléter la sauce une feuille de laurier, du fenouil, de la sarriette. Laissez cuire un bon quart d'heure. Si l'on ne trouve pas d'anguilles, on pourra réaliser un catigot avec des darnes de carpes.

L'anguille aux poireaux

"Notre Andreloun fera, je crois, - Un pêcheur des fiers qu'il y ait ! - le voici qui nous amène la reine des anguilles."

Mireille
Chant VIII

Coupez 6 blancs de poireaux en fines rondelles. Hachez ensemble 4 gousses d'ail et une poignée de persil. Posez cette préparation dans un plat allant au four, vous y ajouterez une feuille de laurier, 15 centilitres de vin blanc, une poignée d'olives noires. salez, poivrez. Mettez dessus une belle anguille, sans peau, sans tête, vidée et assaisonnée elle aussi. Recouvrez de chapelure et arrosez d'un filet d'huile d'olive. Faites cuire au four une bonne heure et demie.

Eels with leeks

Slice thinly the whites of 6 leeks. Mince 4 cloves of garlic and a bunch of parsley. Put in ovenproof dish. Add a bayleaf, 15 centilitres white wine and some black olives. Lay the skinned eel over the mixture.

Season with salt, pepper and a dash of olive oil. Roast in the oven for 1 1/2 hours.

Jean-Louis Vosgien lors d'un cours au Château de Berne

Jean-Louis Vosgien

Chef de cuisine, ambassadeur et plasticien du goût, tant les compositions de ses recettes nous renvoient vers des oeuvres picturales, Jean-Louis Vosgien a recréé fidèlement pour cet ouvrage les recettes de prédilection de Frédéric Mistral.

Enfant, Jean-Louis voulait être photographe. Mais "né dans une casserole" avec une grand-mère et deux oncles, tous trois cuisiniers, comment ne pas succomber à la tentation culinaire.

D'autant que "la photographie de la cuisine" est fade, car il faut en imaginer les sons, les odeurs et encore plus les saveurs.

Jean-Louis est donc "entré en cuisine"... pour notre plus grand bonheur.

Mais est-ce son rêve d'enfant qui a fait de lui un talentueux découvreur de cuisines lointaines, parfois inconnues, mais toujours colorées et savoureuses... cuisines que ce géographe cuisinier n'hésite pas à harmoniser à l'infini, osant métisser sans vergogne habitudes alimentaires et saveurs insolites, tel un chef d'orchestre, afin de nous offrir dans l'assiette ses oeuvres éphémères, le temps merveilleux d'un voyage magique en raccourci.

C'est sa manière à lui d'ouvrir son coeur pour apprivoiser et relier les êtres par-delà les terres et les mers.

À ce jour, Jean-Louis Vosgien est directeur de l'école de cuisine du Château de Berne à Lorgues dans le Var.

At that time, Jean-Louis Vosgien is in charge of Chateau de Berne's school, which is specialized into cuisine (Lorgues, Var).

Il nous reçoit dans une bastide posée à flanc de colline à l'abri des vents et au milieu d'une magnifique végétation méditerranéenne.

Les stages ont lieu de mars à octobre.
Renseignements et réservations :
École de cuisine de Château de Berne
83 510 Lorgues
T : (33) 04 94 60 48 88

Quand les grands cusiniers voyagent...
When famous cookers travel...

...L'hôtel Martinez à Cannes, l'hôtel du Golf à Deauville, le Marco Polo à Hong Kong, l'Omni Hôtel à Singapour, le Cardinal Richelieu à Moscou, le Groupe Flo, le Louis XIV, le Boeuf sur le Toit à Paris, le Central Plazza à Bangkok, le Gran-Bahia Del Duque à Ténérife, le Sofitel de Bamako au Mali, le Château de la Messardière à Saint-Tropez, le Château Fleuri à Gérardmer, la Ferme de Mougins, le Mas du Langoustier à Porquerolles, la Bergerie à Courchevel, le Chastelas à Saint Tropez...

...quelques-uns des prestigieux hôtels dans lesquels ce "Chef", voyageur infatigable, a exercé ses talents.
Here is the list of some among the most famous hotels in which one could taste his cooking.

Biobibliographie

- **1830 (8/09)** : Naissance de Fédéric Mistral à Maillane.
- **1848 - 1851** : Études de Droit à Aix-en-Provence.
- **1851** : Participe aux ***"Provençales"***, un recueil collectif de vers provençaux.
- **1854** : Fondation du Félibrige.
- **1855** : Mort du père de F. Mistral.
Début de la collaboration de F. Mistral à ***"L'Almanach provençal"***.
- **1859** : Parution de Mireille.
- **1864** : Gounod met en musique Mireille.
- **1867** : Parution de Calendal.
F. Mistral compose ***"La Coupo Santo"*** et ***"L'Ode à la race latine"***.
- **1876** : Parution de ***"Les Iles d'Or"***.
Mariage de F. Mistral avec Renée Louis Rivière.
- **1878** : Parution de ***"Le Trésor du Félibrige"***.
- **1883** : Mort de la mère de F. Mistral.

- **1884** : Parution de ***"Nerte"***.
- **1890** : Publication de ***"La Reine Jeanne"***.
- **1891** : Fondation de ***"L'Aïoli"***.
- **1897** : Parution de ***"Le Poème du Rhône"***.
- **1904** : Parution de ***"Mes Origines, mémoires et récits"***.
F. Mistral reçoit le prix Nobel de littérature et fonde avec les 100 000 Frs qui lui sont remis le "Museon Arlaten".
- **1912** : Parution de ***"Les Olivades"***.
- **1913** : Fêtes félibréennes à Aix-en-Provence, F. Mistral est ovationné. Il reçoit la visite de R. Poincaré, président de la République ,à Maillane.
- **1914 (25/03)** : Mort de F. Mistral à Maillane.
- **1926** : Parution de ***"Proses d'Almanach"***.
- **1927** : Parutions de ***"Nouvelles Proses d'Almanach"*** et de ***"Dernières Proses d'Almanach"***

Sommaire

Un merci du fond du coeur à Corinne Lesimple et Sylvain Vallière
pour la traduction anglaise et encore plus pour leur gentillesse.

Merci à M. Didier Fritz, Directeur Général du Château de Berne,
pour avoir autorisé J.L. Vosgien à réaliser les recettes de ce livre dans les cuisines du Château.

Merci également à M. Jacques Demarle, Maire de Maillane,
pour avoir autorisé les éditions à publier les photos
des pages 4, 5, 10, 12, 13, 16, 24, 41, 48, 56, 59, 62, 68, 73, 78, 80, 84, 92,
photos prises au : "Musée Frédéric Mistral, Maillane".

Impression :
Imprimerie GRAFICHE ZANINI, Bologne (Italie)
Dépot légal
2ème trimestre 2004

Maquette et mise en page
Lir'écrire